記憶喪失の侯爵様に溺愛されています 7

これは偽りの幸福ですか？

春志乃

ビーズログ文庫

イラスト／一花夜

Contents

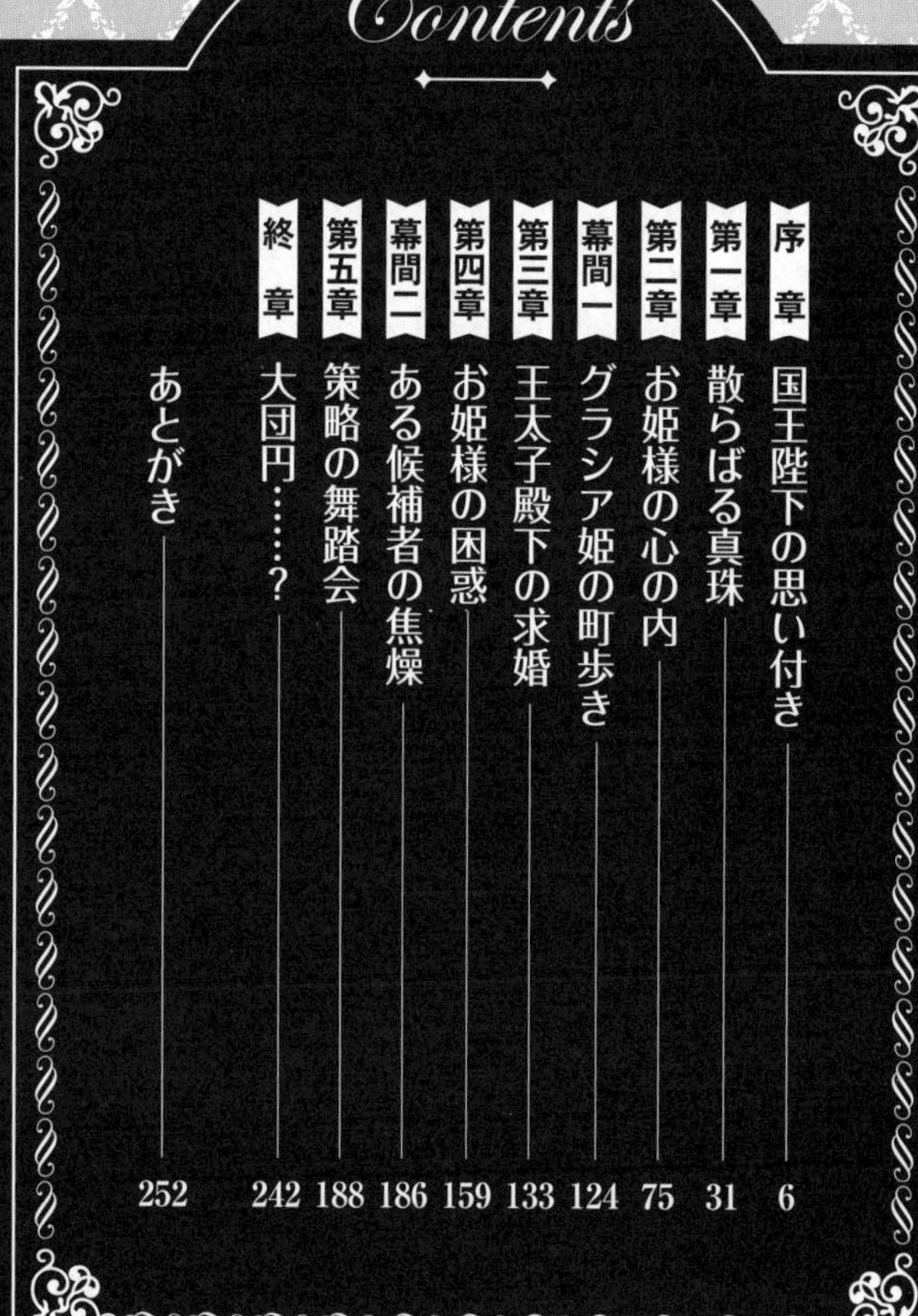

リリアーナ
元エイトン伯爵令嬢。
訳あって引きこもり
だったのだが、
ウィリアムと政略結婚し……？
ウィリアム
スプリングフィールド侯爵。
王家直属のヴェリテ騎士団の
第一師団・師団長で、王国の英雄。
リリアーナを溺愛中。
人物紹介

アリア

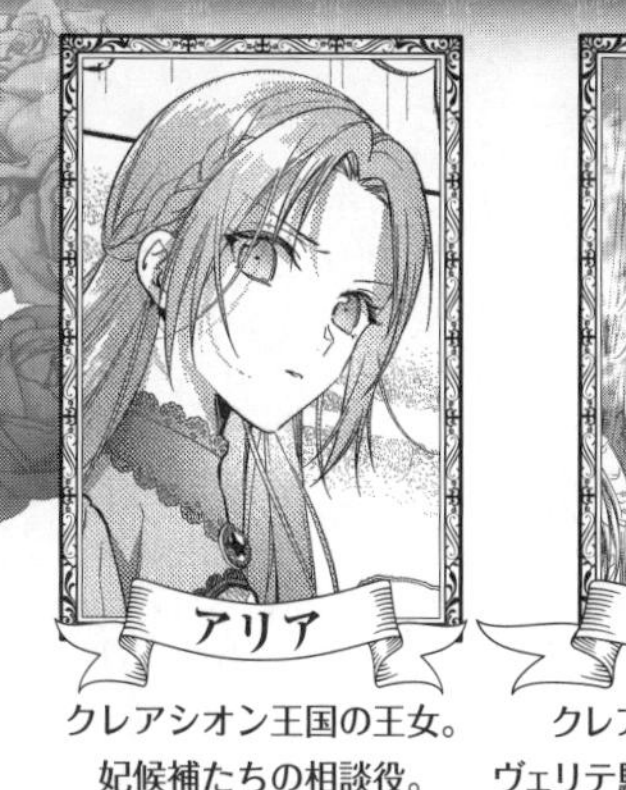

クレアシオン王国の王女。
妃候補たちの相談役。

アルフォンス・クレアシオン

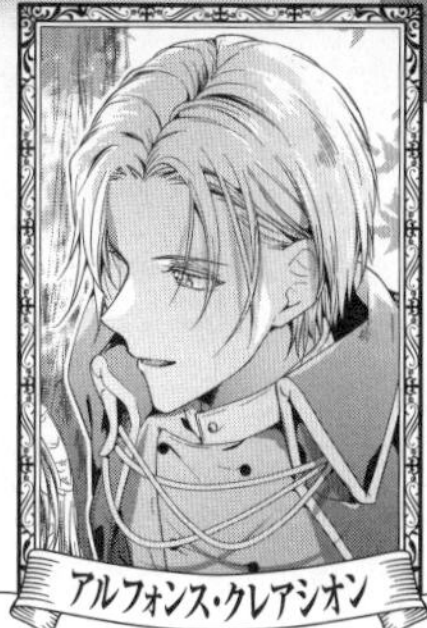

クレアシオン王国の王太子で、
ヴェリテ騎士団の第一師団・副師団長。
ウィリアムの親友。

アルフォンスの妃候補たち

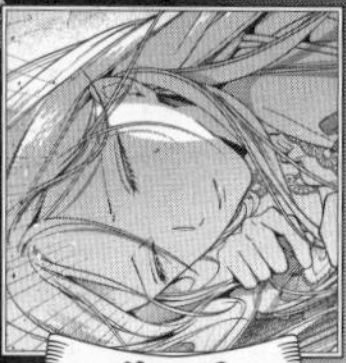

サーラ

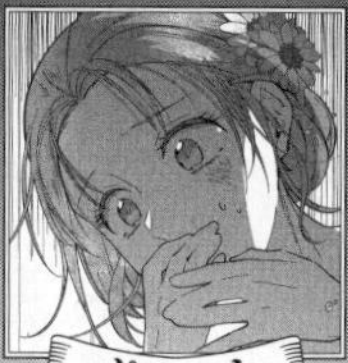

ポリーナ

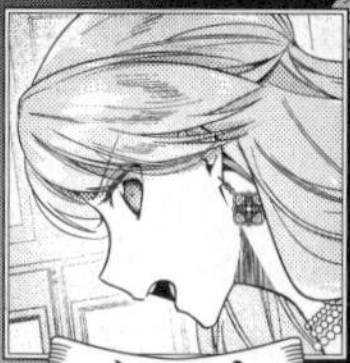

タチアナ

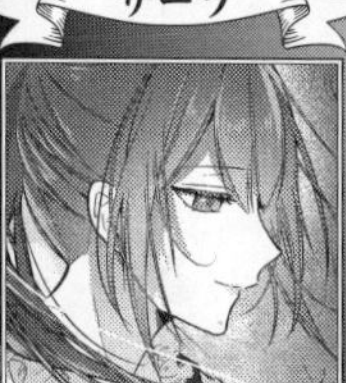

グラシア

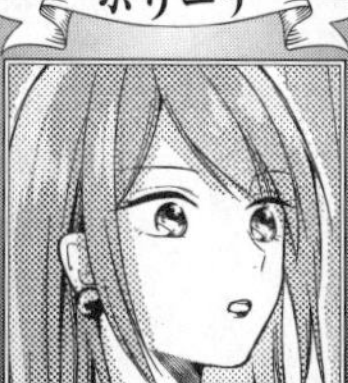

フィロメナ

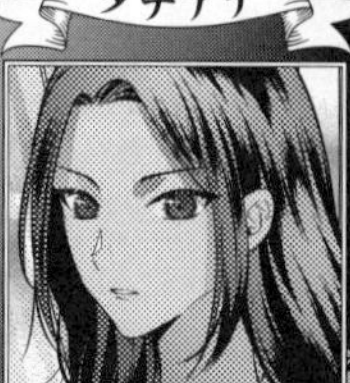

タラッタ

序章　国王陛下の思い付き

春に入るとクレアシオン王国は、社交期を迎えます。

そして、王城で最初に開かれる始まりの舞踏会を皮切りに、そこかしこで夜会や茶会が盛んに開催され、一年で最も、社交界は賑やかで忙しい時期になるのです。

今日は、クレアシオン王国の社交期の開始を告げる始まりの舞踏会――のはずでしたが、それだけではない事情があります。

私――リリアーナとウィリアム様の前には、華々しく着飾った女性たちが列をなしていました。

「初めまして、タチアナ・レティーナ・ベルニエと申します」

そう言って優雅な礼を披露する金髪の淑女は、クレアシオン王国の南に位置するベルニエ王国の第一王女様です。後ろに並ぶ方々も皆、周辺諸国の王女様や権力者の娘さんたちです。

私とウィリアム様は、次から次へと彼女たちからの挨拶を受けていきます。

彼女たちは、皆、アルフォンス様の『お妃候補』としてここにいます。

そうなのです。なんと、今日から王太子のお妃様選びが始まったのです。

どうしてこのようなことになったのか。それは今から二週間ほど前に遡ります。

「ピクニックに行こう！」

ご機嫌な様子でそう告げたのは、先ほど帰宅されたウィリアム様でした。

和らぐ日差しでそこかしこで緑が芽吹き、花々に彩られる季節になりました。

今年の冬は本当に色々と衝撃的なことがありました。

いつになく雪がよく降った王都は、敵国――フォルティス皇国の工作員に狙われ、ウィリアム様はかつて戦場で出会った親友を利用されてしまいました。

幸い、敵国が攻め入る隙を徹底的に潰すことはできたそうですが、その親友を巡って悲しい真実も明らかになり、ウィリアム様はしばらくお元気がありませんでした。

それでも騎士としてのお仕事はウィリアム様を待ってはくれません。ウィリアム様は冬の間中、騎士の務めを誠心誠意、全うしていました。

国を覆っていた雪が解け、国内の交通も落ち着き、物流も滞りなく巡るようになり、ウィリアム様は社交期前にまとまった休みを取ることができたのだそうです。

本日の午後と明日からの三日間のお休みを、ウィリアム様は私や弟たちと過ごそうと言って下さいました。

そして現在、私たちはウィリアム様の提案でピクニックの計画を――主に持って行くランチの中身を決めていました。

「僕、姉様の作るパウンドケーキがいい」

「セディ、それはデザートじゃん。お義姉様、オレはチキンソテーのサンドウィッチがいいです！」

「ふふっ、どっちもたくさん作りましょうね」

「リリアーナ、私もリクエストしていいだろうか？」

「ええ、もちろんです」

嬉しそうに顔を輝かせるウィリアム様に、私も嬉しくなります。

ウィリアム様が口を開こうとした時でした。執事のフレデリックさんがやって来て「アルフォンス様がお越しです。至急の案件でお会いしたいそうです」と告げました。

何か大きな事件が起きたのかと部屋の中に緊張が走ります。

ウィリアム様が頷くとすぐにフレデリックさんがエントランスへ戻り、ほどなくして、いつもにこにこしているアルフォンス様が真っ青な顔でやってきました。アルフォンス様の護衛であるカドック様も顔色がよくありません。

私と弟たちは大事なお話に違いないと思い、ご挨拶だけして部屋を出ようとしたのですが、アルフォンス様に「無関係ではないから」と言われ、結局、そのまま同席することになりました。

「父上が……」

青い顔でソファに座るなりそう切り出したアルフォンス様に、まさか国王陛下の御身に何かあったのかと私たちは身構えます。

「先ほど、父上が突然僕の部屋に来て……一週間後に僕の妃候補が来るって……二十人」

「……は？」

最初に声を上げたのは、ウィリアム様でした。

私と弟たちは、どういうことなのか分からずに顔を見合わせます。

「二十人？　一週間後？　は？　どういうことだ？」

ウィリアム様が呆然としながらもアルフォンス様に説明を求めます。

「父上が、あまりに僕が結婚に興味を示さないものだから、強硬手段に出たんだ……僕や母上にも内緒で友好国に手当たり次第手紙を出して、二十人の妃候補を見繕ってきた。……その二十人が、一週間後――この国に来る」

「アルフお兄様、ご結婚されるのですか？」

「おめでとうございます！」

弟たちの言葉にアルフォンス様は「まあ、うん」と歯切れの悪いお返事をしました。

ですが、結婚適齢期も後半を迎えた我が国の王太子殿下の結婚問題は、貴族の間だけではなく、庶民の皆さんの間でも度々話題に上がるほどです。好奇心による興味関心はもちろんですが、やはり今後、国王となるアルフォンス様のお妃様が不在だというのは心配事の種でもあったのです。

「ついにお妃様をお迎えする決心をされたのですね、おめでとうございます」

「ああ、うん。ありがとう、リリィちゃん……」

やはり普段のアルフォンス様に比べると、随分と覇気のないお返事でした。

「……お兄様、大丈夫?」

ヒューゴ様がおそるおそるといった様子で、何故か一言も発しなくなったウィリアム様に問いかけます。私は首を傾げながら隣に座るウィリアム様を振り返り、息を呑みます。

ウィリアム様は文字通り頭を抱えて青い顔をしていたのです。

「ウ、ウィリアム様?」

「警備計画、各所と近衛との連携、関係各所及び各国との調整……」

何事かをぶつぶつと呟いていて、目が虚ろです。

「突然、本当に突然だったんだ。……僕が王城内での会議を終えて、騎士団へ行くために自室で身支度を整えていたらやって来て『一週間後に、各国からお前の妃候補が来る』って言われて……どうも宰相と騎士団長は知っていたらしいんだけど、僕はもちろん母上も弟と妹も、それ以外の大臣たちや城の使用人も誰も聞いていなかったみたいで」

どうやら今回の件は、私たちが想像している以上に突然のことだったようです。

「王城内は蜂の巣をつついたような騒ぎだよ」

アルフォンス様の背後に立つカドック様も青い顔で頷き、その言葉を肯定しています。心なしかエルサやフレデリックさん、アーサーさんをはじめとした我が家の使用人の皆さんは、同情的な眼差しをウィリアム様に向けていました。

「それでリリィちゃんにも頼みたいことがあるんだ。ウィルが許可してくれれば、と注釈がつくけど」

思いがけない言葉に私は、ぱちぱちと瞬きを繰り返します。ウィリアム様も訝しむように首を傾げながらアルフォンス様を見つめています。

「……候補者たちの相談役を引き受けてほしいんだ」

「相談役、ですか？」

「うん。今回の候補者たちは、十代後半から二十代前半でリリィちゃんとは同年代の若い女性ばかりだ。僕の妹にも頼んでいるんだけれど、二十人もの候補者の相手は妹だけではきっと手が回らないと思うんだ」

「だがどうして私の妻に……」

　ウィリアム様の問いにアルフォンス様は穏やかに空色の目を細めました。

「ウィリアムは僕がこの国で一番信頼している臣下だ。だからその妻であるリリィちゃんに頼みたい。……何より僕はね、リリィちゃんの人を見る目と、その寄り添うような柔らかで心地良い優しさを信頼しているんだよ。カドックも、あのマリオも、そして食えないフックスベルガー公爵も君には懐いているしね」

　ここまでアルフォンス様に言われてしまっては、断れる人などいないでしょう。

　それに私たち夫婦をいつも温かく見守って下さっているアルフォンス様の力になりたいと私自身も心から思います。

　ウィリアム様に視線を送ると少しの間を置いて、頷いてくれました。

「殿下、謹んでお受けいたします」

「ありがとう！」

　アルフォンス様がほっとしたように表情を緩めました。

　ですが、すぐにまたアルフォンス様の表情は申し訳なさそうな顔に戻ってしまいました。

「僕らの都合であれこれ頼むのに忙しなくて本当にごめん。リリィちゃんもまた詳細は後で伝えるから……。ウィリアム、君がこの休暇をどれほど楽しみにしていたかは知っている……でも、帰ってきてくれ、騎士団に」

　アルフォンス様の懇願にウィリアム様が両手で顔を覆ってうなだれてしまいました。

今回の件でウィリアム様のお休みがなくなってしまうことを、遅れ(おく)ばせながら私も理解しました。

とはいえ、アルフォンス様がお妃様を迎えるというのは、国にとってとても重要なことです。私たちのピクニックのために引き留めるわけにはいきません。

「すまない、リリアーナ、セディ、ヒューゴ……」

「いえ、お気になさらないで下さいませ」

「うん。寂(さび)しいけど、アルフお兄様のお嫁(よめ)さんたちが来るなんて大事なことだし……」

「お兄様、頑張(がんば)って下さい！」

私、セドリック、ヒューゴ様と順に声をかけます。

ウィリアム様は力ない声で「ありがとう」とお返事をくれました。

「ただ……このところずっと働き詰(づ)めで、お体が心配です。難しいかもしれませんが休憩(きゅうけい)は少しでも取って下さいませ」

「ああ。ありがとう、リリアーナ。フレデリック、出かける仕度(したく)を」

「かしこまりました」

フレデリックさんが頷き、部屋を出て行きます。

「リリアーナ、当分、私は帰れないと思うが家のことは頼んだよ」

「はい。ウィリアム様、その、時折、差し入れなどは……」

「絶対にしてほしい。話は通しておく。セディ、ヒューゴ、リリアーナのことを頼んだぞ」

「はい、義兄様」

「任せて下さい！」

ウィリアム様は力強く頷いた弟たちに優しい笑みを浮かべると、戻ってきたフレデリックさんと共に騎士服に着替えに行きます。私はその間に厨房に行き、夕食のローストビーフを分けてもらい、サンドウィッチを作りました。

バスケットを手にエントランスへと急ぎます。アルフォンス様は、カドック様と共に一足先に騎士団に戻ったそうで、ウィリアム様お一人でした。

「ウィリアム様……どうぞ。皆さんと食べて下さいね」

私はバスケットをウィリアム様に差し出します。

「ありがとう、リリアーナ。頑張れるよ」

中身を確認し、嬉しそうに顔を綻ばせたウィリアム様は、それをフレデリックさんに預けると私たちを順に抱き締めて下さいました。

そして最後にもう一度、私を抱き締めて下さったので、行ってらっしゃいのキスを贈りました。

「……行ってくる」

覚悟を決めた横顔と哀愁漂う背中を私たちは見送ります。

エントランスのドアが閉められると、セドリックが「大丈夫かな」と呟きました。

「お兄様、なんであんなに深刻そうな顔なんだろう。おめでたい話なのに」

ヒューゴ様が首を傾げ、私たちも言われてみれば、と首を傾げます。

「それはですね、坊ちゃま」

アーサーさんがその疑問に口を開きます。

「本来、他国の来賓――特に王族やそれに連なる要人の方々が来る場合、騎士団では警備計画というものを立てます。簡単に言ってしまえば、要人の方が利用する建物を決めたり、その建物のどこに警備を配置するか、また誰を配置するかを決めたりして、どのように要人の方々を守るかという基本的なことを決めます」

なるほど、と私たちは頷きます。

「突然の来訪が全くないわけではありません。ですが、そういう場合はたいてい、一カ国、要人も一人か二人程度でしょう。ですが今回は二十人のお姫様たちがいらっしゃるわけです。何事も数が多ければその分、準備も大変でございましょう？　普通であれば一年以上前から時間をかけて綿密に準備をして迎え入れるものです。それが今回、期限は一週間。騎士団も王城内の方々も……この一週間は寝る暇もないことでしょう」

一年かけてする準備を僅か一週間でする。

その大変さを想像して、私たちは絶句しました。

「……だ、大丈夫でしょうか」

アーサーさんが「信じるしかございません」と重々しく頷きました。

私たちは騎士団の方角を、なんとも言えない気持ちで見つめながら、ウィリアム様の無事を祈る(いの)ことしかできませんでした。

こうして、この日を境に各国を巻き込んで、アルフォンス様のお妃様選びが始まったのでした。

国王ご夫妻、王太子殿下、第二王子殿下、王女殿下への挨拶を終えたアルフォンス様のお妃候補様たちは、私とウィリアム様の下へ来て、挨拶を交(か)わします。

私を相談役としてアルフォンス様が最初に紹介(しょうかい)して下さったので、これが初仕事です。

ちなみに同じ相談役の王女殿下とは連絡(れんらく)を密に取り合って情報の共有をしてほしいとのことでしたが、何分、急なことで王妃(おうひ)殿下と共に準備に追われる王女殿下と直接お会いすることはできませんでした。ですのでお手紙で挨拶を交わして、今回の相談役仲間となったのです。

「他国の王族の方々に挨拶をされるのは、緊張しますね」

ようやく挨拶が一段落し、私とウィリアム様は、一時の休息を得るために壁際に移動しました。

ウィリアム様が遠い目をしながら「……本当にな」と頷きました。

私は慌てて給仕の方を呼び止めて、飲み物を貰い、ウィリアム様に渡します。ウィリアム様はこの後もお仕事ですので、お酒ではなくジュースですが。

ウィリアム様に会うのはアルフォンス様が家に来た日以来、二週間ぶりのことでした。

各国からやって来た候補者様たちは、到着後一週間の休養と準備期間を経て、本日の始まりの舞踏会に臨んでいるのです。

「ありがとう。……そもそも彼女たちがどこに滞在するかを調整するのが大変だった。下手なところで何かあっても困るし……」

「後宮をお掃除して使うと王女殿下から聞きましたが……」

我が国の後宮は、先代の代を最後に閉鎖が決まり、現在は使われていないのです。

「ああ。だが、我が国はもともと正妃は国王と同じところで暮らし、後宮は主に側妃たちが暮らす場所だったんだ。その上、側妃はおいても三人までという決まりがあって、後宮自体、そこまで大きくないんだ」

「まあ……それだと十七名が余ってしまうような……」

「だから王都で最も大きくて格調高いホテルを貸し切りにして、滞在してもらっている」

「後宮にはどなたが？」

「俗に有力候補と呼ばれる姫君たちだ。ベルニエ王国のタチアナ姫、エルヴァスティ国のサーラ姫、イトゥカ首長国のタラッタ姫。どの国もアルフォンスが縁を結べば国に大きな利益が出るが、逆に失礼があれば厄介なことになる国のお姫様たちだよ」

「そうなのですね。……あら、でも先ほど、挨拶の際にタラッタ様はいなかったような」

タチアナ様とサーラ様からご挨拶を受けた記憶はしっかりとあります。

私も相談役を受けるに当たって、候補者様たちの立場や国を事前にお勉強したのです。

今回、特にお妃に相応しく、有力候補とされている方が四名おります。

まず有力候補の第一位は、ベルニエ王国第一王女のタチアナ様です。豊かな金髪に女性らしい豊満な体つきで、はっきりとした美しい顔立ちの方でした。ベルニエ王国はクレアシオン王国のすぐ南にあり豊かで穏やかな国だそうです。

第二位は、エルヴァスティ国の第二王女・サーラ様です。美しい銀の髪に濃いグレーの瞳のたおやかな美貌を誇る女性でした。エルヴァスティ国は、クレアシオン王国の北側の国境に接していて多くの鉱山を抱え、特に金脈に恵まれた国です。

第三位はイトゥカ首長国のタラッタ様。イトゥカ首長国は、いくつかの部族が集まってできた国で王という存在はいません。その代わり、タラッタ様の一族が最も強く、数も多いので国の代表をしているそうです。

　第四位のフィロメナ様は少々異色です。フィロメナ様は王族でも貴族でもなく、彼女の出身国であるアーデルヘイト共和国と、その周辺一帯を取り仕切るアボット商会会頭のご息女だそうです。彼女自身は淡い茶色の髪の知的な雰囲気を湛えた美しい女性でした。

「それが、タラッタ姫は我が国やタチアナ姫の国よりずっとずっと南の国の出身だろう？　どうも気候が合わなかったようで、少し体調を崩されているそうなんだ」

「まあ、それはお気の毒に。最近は春らしい気候ですけれど、丁度、皆さんが到着された頃はぐんと冷え込みましたから……」

「ああ。とはいえ食欲などはあるみたいだから、ゆっくり休めば大丈夫という話だがな」

　タラッタ様の暮らすイトゥカ首長国は、はるか南の砂漠地帯にある国だと聞いています。クレアシオン王国と違い、一年中夏の陽気だそうですから、長旅の疲れと寒さで体の調子を崩してしまったのでしょうか。

「何分、他国からの貴賓だ。毒でも盛られたと言われては敵わない。一刻も早く回復してくれることを願っているよ……リリアーナも大丈夫かい？　疲れただろう？」

　私を気遣って下さるウィリアム様に「大丈夫です」と微笑みを返します。

「それに比べるのもおこがましいですが、アルフ様のほうが大変でしょうから」

　ウィリアム様が私の言葉に会場の中心を振り返ります。

そこには候補者の皆さんに囲まれて歓談しているアルフォンス様がいます。最初に妹の王女殿下と踊った後は、候補者様たちやデビューを飾ったご令嬢たちとひっきりなしに踊っていて、今は候補者の皆さんに囲まれてお話をしている真っ最中です。

とてもではありませんが私もウィリアム様も近づくことはできそうにありませんでした。いつだって余裕の笑みを崩さないアルフォンス様がたじたじになるほどの女性たちの勢いのすごさに、私に相談役が務まるか不安になってしまいます。

「候補者たちが何故か王女殿下のほうへ流れて行く……アルフォンスがこっちに来る」

王女殿下のいるほうは、人が多くて私にはよく見えないのですが、背の高い夫には状況が見えているようです。

間もなく、アルフォンス様がやって来ました。

舞踏会のマナーの一つとして、休息をしている方にはごくごく親しい間柄のみが話しかけることを許されます。壁際にいる＝休息中ですので、相手への思いやりです。

「……殿下、だ、大丈夫ですか？」

近くで見ると心なしか、二週間前よりもやつれているアルフォンス様に私は思わずテーブルの上のジュースを差し出しました。

アルフォンス様は「ありがとう」と告げて、ジュースの入ったグラスを受け取ります。そして、口を付けると一気に飲んでしまいました。

「……生き返る……！　ダンスからずっとお喋りで喉がカラカラだったんだ。ねえ、少し話がしたいんだ。バルコニーへ行こう」

「分かった。もう一杯飲むか？」

今度はウィリアム様がジュースのグラスを差し出します。アルフォンス様はそれを受け取るとバルコニーに向かって歩き出し、私たちもその背に続きます。

バルコニーへ続くガラス戸はカーテンが引かれていて、その前にカドック様が立っていました。アルフォンス様の姿を認めると、カーテンを開けてくれ、私たちは外へ出ます。

「はぁぁ……」

大きなため息と共にアルフォンス様が背中を欄干に預けます。

「もう、大変だったよ、本当に……」

先ほどのウィリアム様のような遠い目でアルフォンス様が空を見上げました。

春の夜空は、雲一つなく星が控えめに輝いています。

「リリアーナ、夜はまだ冷えるから」

そう言ってウィリアム様がご自分の上着を私の肩にかけて下さいました。

「ありがとうございます」

大きな上着にすっぽり包まれると夜も温かいです。

「仲がよくて何より。それで、父上が考えている計画なんだけどね」

私たちを見て満足そうに笑ったアルフォンス様がそう前置きして口を開きます。

「今夜の始まりの舞踏会で彼女たちと顔合わせを済ませて、社交期の間に交流を深めて、終わりの舞踏会で僕が『この人を妃に迎える』って宣言する流れらしいんだよね」

「社交期の間とは聞いているが、二カ月足らずで見極めるのは大変そうだな」

ウィリアム様が眉を下げます。

「どなたか、第一印象が素敵だと思った方はおられなかったのですか？」

私は相談役として今後の活動のためにもと問いかけます。もしアルフォンス様が気になった方がいれば、その方を重点的に観察しようと思いついたのです。

ところがアルフォンス様は首を横に振って、ジュースを一口飲みました。

「だーれも。どれも同じに見える……」

まさかの回答に私も「そ、そうですか」となんとも言えない返事しかできませんでした。

本来であれば我が国で将来、王となる王子は、五歳までには婚約者が決められます。その婚約者も幼い頃からいずれこの国を共に支える王妃としての教育を受けるそうです。そして、二人が適齢期を迎えた際に国を挙げて結婚式を行い、夫婦となるのです。

ところがアルフォンス様の場合、生まれた時、クレアシオン王国をはじめ周辺諸国は、南の大国・フォルティス皇国の侵略に抵抗する戦争の真っただ中で、アルフォンス様の婚約者を選出することができなかったのだそうです。

アルフォンス様の一歳下の弟のマリウス第二王子殿下は、自国の公爵令嬢を見初め、既に数年前に婚約しています。

ところがアルフォンス様は戦後も王太子としての仕事に熱心で、その上、「世の中を知るため」と騎士としても働いておられます。ウィリアム様もとてもお忙しい方ですが、そのウィリアム様が「アルは私の何倍も忙しいよ」とおっしゃるほどです。

自国のためとはいえ多忙を極め、適齢期も終わりに差し掛かる息子に結婚の兆しが全く見えないことが、国王陛下の不安を大きくし、焦燥に駆られた結果、今回のことを決断したようだ、と王女殿下の手紙にも書かれていました。

「結婚はさ、僕も必要だとは思っているんだよ。僕は将来、国王となるんだから、国のためにも後継ぎを作らなきゃいけないしね。マリウスは婚約しているけれど、国内の平和を、ひいては諸外国から干渉されないよう、気を遣って結婚しないでいてくれているし……」

アルフォンス様がぼやきます。

「じゃあ、とりあえず小難しいことはおいておくとして、アルの個人的な女性の好みは?」

ウィリアム様が素晴らしい質問をアルフォンス様に投げかけました。

アルフォンス様の好みが分かれば、私が相談役として候補者様たちと交流を深めていく中で、好みに合った方を見つけて、紹介することもできるはずです。

「そうだなぁ……第一に、僕の大事な国民を慈しみ、愛することができる人かな」

「確かに重要なことだが、もっとこう、本当に個人的なことだ」

ウィリアム様の言葉にアルフォンス様は、また一口ジュースを飲んで考え込みます。

「うーん。そうだな……あ、面白い子がいいね」

「「面白い、子？」」

夫婦揃って私たちは首を傾げますが、アルフォンス様は「そうだよ」と頷きます。

「だって一生を共にする相手なんだから、面白いほうがいいでしょう？」

「それは、まあ……そう、なのか……？」

ウィリアム様が返答に困っています。

私もウィリアム様と一緒にいると楽しいと感じることは多々ありますが、面白いとはどういうことなのでしょうか。

「な、なら見た目とかは？」

「見た目は、清潔であればいいよ。人前に出る立場なわけだしね」

「では逆に、こういう人だけは嫌だ、というのは？」

「あ、それはね、リリィちゃんとセディには悪いんだけど……二人のお姉さんだったマーガレット嬢みたいな意地悪な人は嫌だね。あれは国母に相応しくないもん」

アルフォンス様の言葉に私は、苦笑しか返せません。

「正直なところ、誰を選んでもいいんだよ。なにせ全員、父上の——つまり国王陛下のお墨付きだから、誰も文句は言えない。でも結局は、例の四人から選ぶことになるだろうね。彼女らの国や商会に敵に回られると厄介だし。タチアナ姫の国は我が国の南。南方に位置するフォルティス皇国が攻めて来た時、敵に回られては困る。サーラ姫は北の国。挟み撃ちにされてしまっては元も子もない。タラッタ姫の国は海に面していて、港も大きい。海のないフォルティス皇国にしてみれば喉から手が出るほど欲しい国だ。彼らが現在利用しているのは侵略した更にずーっと南の小さな国の小さな小さな港だから不便なんだよ。フィロメナ嬢の商会は東の地域で物流を牛耳っているから、そこと仲たがいしては不利益しか出ないし」

そこでアルフォンス様は言葉を切って、渋い顔をしました。

「とにかく僕は妃を選んで、彼女らに何事もなく無事に帰ってもらえるよう努めるだけさ」

アルフォンス様は、心の底から結婚というものに王太子としての利益以外を考えていないのがひしひしと伝わってきました。

「さて、休憩はここまで。僕は会場へ戻るけど……君たちはどうする？」

アルフォンス様の言葉にウィリアム様が私を振り返ります。私が「大丈夫です」と微笑みを返すと、ウィリアム様が「私たちも戻るよ」と頷きました。

アルフォンス様の背に続くように私たち夫婦も歩き出します。

バルコニーを出て、ウィリアム様に上着を返す私をアルフォンス様が振り返ります。

「そうだ侯爵夫人、妹に直接君を紹介したいんだが、いいだろうか？」

「光栄でございます、殿下」

王太子殿下の顔で告げるアルフォンス様に私も侯爵夫人としての返答を心がけます。

ではそうしよう、とアルフォンス様が歩き出して間もなく、事件は起こりました。

「そこ、危ない！」

女性の凛とした声が聞こえたと同時に横から給仕の男性が飛び出してきて、私は瞬時にウィリアム様に抱き締められました。

大理石の床にガラスの砕け散る音が甲高く響き渡ります。

そーっと目を開けると、床は粉々になったグラスの破片と赤ワインで悲惨なことになっていましたが、私たちを庇うように立つ人のおかげでこちらには届いていませんでした。

目の前には茶色の髪に、柔らかな緑色のドレスを着た若い女性が立っていました。頭からワインを被ったのか、髪もドレスも濡れてしまっていました。

「も、申し訳ありません……！」

顔を青くした給仕の男性が慌てて立ち上がり、深々と頭を下げます。

「大丈夫です。怪我はありませんから」

女性は穏やかに答えて片手で顔を隠しながら私を振り返りました。

「殿下、閣下、夫人、大丈夫でしょうか？　この方、お客様の波に押されてしまったみたい。あなたも怪我はない？」

女性の問いに給仕の男性はこくこくと首がもげそうなほど頷きました。

「すぐにお掃除を。破片が危ないわ」とお願いし、男性はどこかへと早歩きで――会場内は走ってはいけないので――去っていきます。

「君のおかげで私も妻もなんともない」

「それより君、顔に怪我でも……？」

アルフォンス様が顔を隠したままの女性に心配そうに尋ねます。

「いえ、ワインを被って化粧が崩れてしまいましたの。こんなお恥ずかしい姿、皆様にはお見せできません。……あら、夫人……ドレスの裾にワインが」

女性は軽やかに答えて、私に向かってもう片方の手でハンカチを差し出してくれました。

反射的に受け取ってしまいましたが、本当に必要なのは、ドレスの裾に少しばかりワインがかかった私ではなく、頭から被ってしまっている彼女のはずです。

「で、ですが、貴女のほうが……」

「いえ、私は一度、化粧を直して参ります。この姿ではお目汚しですもの。では、皆様、御前を失礼いたします」

女性は顔を隠したまま、優雅な礼を一つ残して、颯爽と去っていってしまいました。

「どこの誰だろう？」

ウィリアム様が首を傾げ、アルフォンス様も肩を竦めます。

「茶髪はたくさんいるからな……まあ、何にせよ、気遣いができて、周囲の状況をきちんと把握している。良いご令嬢だ」

アルフォンス様のその言葉に周囲が一瞬静まり返った後、一気にざわめきが広がります。

ですが、意中の相手の心の内がほんの僅かでも見えれば、誰だって気になるはずです。

「殿下、先ほどのご令嬢が庇って下さったおかげで、妻にも私にも怪我はありませんが、万が一にもグラスの破片が妻の髪やドレスに付いていて、彼女が怪我をしたら一大事です。部屋をお借りしても？」

「ああ。好きに使うといい」

「感謝いたします。……リリアーナ、いったん引こう」

ウィリアム様が私に耳打ちをすると、ひょいと抱き上げられてしまいました。慌ててウィリアム様の首に腕を回します。

「姫君たちが君に話を聞こうと押し寄せる前に」

ウィリアム様の肩越しに彼女たちの爛々と輝く目が見えて、私は首を引っ込めました。

今日は初日、無理はいけません。それに私の旦那様は、積極的な女性が苦手なのです。

そう自分に言い聞かせながら、ウィリアム様に運ばれるまま私は舞踏会の会場を後にしたのでした。

第一章　散らばる真珠

「……家に、帰りたい」

師団長である私――ウィリアムの零した一言に事務官たちが一斉に頷いた。

国王陛下の思い付きでアルフォンスの妃候補二十名が我が国にやって来て、まだ一週間と三日しか経っていないというのに、私は、いや、私たち騎士団は疲れ果てていた。

アルフォンスと候補者たちの顔合わせである始まりの舞踏会は、私たち夫婦に向かって給仕が転ぶというハプニングが起きたものの、舞踏会自体は無事に終わった。

だが、女たちの戦いはまだ始まったばかりなのだ。

そもそも二十名の国賓とそのお付きの二カ月間の滞在先を確保するというのが一番大変だった。

慌てて体裁を整えた後宮は、三人までしか暮らせない。なので、残りの十七名は王都で最も格式の高いホテルを貸し切りにして、そこに滞在してもらっている。

後宮へ入ったのは、四人いる有力候補の内、タチアナ姫、サーラ姫、タラッタ姫の三人だ。四番目のフィロメナ嬢は反発するかと思ったが「私は貴族ではないですから、恐れ多いです」と腹の底は分からないものの、すんなりホテル暮らしを了承してくれた。

とはいえ、丸く収まらないのが他の、れっきとした姫様方だ。

彼女たちとて、クレアシオン王国の王太子妃の座を射止めるため、自国への誇りを胸にここへ来ている。それが有力候補だけが後宮で自分たちがホテルでは、いくらなんでも扱いに差がありすぎる、と反感が強まったのだ。

後宮は今回の標的であるアルフォンスが暮らす敷地からは離れているが、同じ王城内で、もしかしたら彼に偶然出会う可能性があると考えているのかもしれない。

クレアシオン王国は小国を見下すのか、と言われてはアルフォンスの、ひいては我が国の今後にかかわる。

そのため、王城内の一部の区画に自由に出入りできる通行証を発行する運びとなり、この警備でまた頭を悩ませる羽目になったのだ。

本来、王城というのは部外者の立ち入りを固く禁ずる場所だ。この国で一番、警備が厳しい場所とも言える。そこに不特定多数の候補者とそのお付きの出入りを許可するとあれば、より一層、気を引き締めなければならない。

中には我が国の情報を抜き取ろうとしている者もいるかもしれないし、候補者たちだけではなく、彼女らが連れてきた侍女や護衛にも注意しなければならない。

一切気が抜けない日々は、精神的にとても疲れる。

私の目の前に、すっとティーカップが置かれる。目だけを向ければ、相変わらず涼しい顔をした私の執事のフレデリックが立っていた。

「奥様の最近のお気に入りだそうです。エルサが教えてくれました」

彼には着替えを持って帰ってもらったり、リリアーナからの差し入れを受け取りに行ってもらったりしているので、滞在時間は短いが私よりは家に帰れているのだ。

私は聞こえてきた妻の名に生気を取り戻し、カップに手を伸ばす。

「ちなみに奥様は、本日は王女殿下に会いに王城へ出かけられるそうです」

「なかなか直接顔を合わせる機会がなかったからな。……私もリリアーナに会いたい」

舞踏会で共に過ごしたきり、愛しい妻には会えていなかった。顔を見に家に帰る暇さえもないのである。

フレデリックが事務官たちにもハーブティーを配ってくれる。

事務官たちの緩む表情を横目に、私も爽やかなレモンのような香りを胸いっぱいに吸い込み、ハーブティーを堪能する。なんだか疲れた体に染み渡る。

「皆、アルフォンスの、そして我が国のためだ。それに何より候補者たちの秩序を守ることは、相談役に抜擢された私の愛しい妻の安全を守ることにも繋がるはずだ！　まだまだ先は長いが、頑張ろう！」

私の声掛けに事務官たちが「はい！」と返事をしてくれる。事務官たちは、妻の差し入れにがっちり胃袋を摑まれているのである。

私は一気にハーブティーを飲み干し、パンパンと両手で頰を叩いて気合を入れる。

「よし、では王城警備報告会議に行ってくる。後は頼んだ！」

「「はい！」」

事務官たちの気合の入った返事を聞き、私は席を立ったのだった。

王城には舞踏会などで来たことはありますが、奥の奥、王族の皆さんが暮らす区画に入るのは初めてです。

私——リリアーナは緊張に騒ぐ胸をなんとか落ち着かせながら、アリア王女殿下の侍女さんの後をエルサとアリアナ、そして護衛のジュリア様と共についていきます。

始まりの舞踏会から三日後の今日、私は、アリア王女殿下の呼び出しを受け、こうして王城にやって来たのです。舞踏会での形式的な挨拶やお手紙では何度もやり取りをさせていただいておりますが、こうして個人的に直接お会いするのは初めてです。

「いらっしゃい、リリアーナ」

アリア王女殿下が嬉しそうに顔を綻ばせて私たちを迎え入れてくれます。

王妃殿下譲りの美貌と蜂蜜色の髪に、父方のおばあ様譲りだという薄紫の瞳。誰もが想像するお姫様は、きっとアリア様のようなお姿をしているのでしょう。

「殿下、本日は」

「あら、リリアーナ。堅苦しいのはやめてちょうだい。わたくしたちは、お友だちで、それに年だって近いんだもの。気軽にアリアと呼んで」

そう言って、アルフォンス様によく似た人懐こい笑みを浮かべる王女殿下に私は固まってしまいます。確かに王女殿下は私より二つ年上なだけです。

「ね、リリアーナ」

「わ、分かりました。ええと、その、アリア、様」

可愛らしくおねだりされてしまっては断れません。私が王女殿下——アリア様を名前で呼ぶと、ますます嬉しそうに彼女は顔を綻ばせました。

「ふふっ、嬉しいわ。さ、こっちよ。本当はあのウィリアムがどれだけデレデレしているか聞きたいのだけれど、今はお兄様のことが最優先なのが残念」

そう言いながら、アリア様は私の手を引いてソファセットへと案内して下さいました。

アリア様に促されるまま私はソファに座り、向かいの席にアリア様が腰を下ろしました。

すぐにアリア様の侍女さんたちによって、目の前に紅茶と茶菓子が用意されます。

「やっぱり厄介なことになってきたわ」

紅茶を一口飲んで、アリア様が告げました。

「厄介なこと、ですか？」

「ええ。……今回の妃選びの件、わたくしとお母様は、厄介ごとが起きるだろうと予測していたのだけれど、案の定、始まってしまったのよ」

アリア様の言いたいことが今一つ分からず、私は首を傾げます。

「たった一人の王子からの寵愛を受けるために女が集まれば、そこで熾烈な争いが起こることは想定内だったんだけれどね……」

はぁ、とアリア様がため息を零されました。

「最初はね、苦情だったの。ベッドが硬いだの、水が合わないだの、部屋の家具の位置が不吉だの……。とにかく苦情が多数出ていたの。それ自体は仕方のないことだわ。本来であれば、そういったことは徹底的に調べて、最適な空間を用意するのが招待側の――わたくしたちの役目ですもの。突発的だったから部屋を用意することしかできなかったのはこちらの落ち度だわ」

お客様を招待するとなった際、必ず相手の好みを調べます。嫌いなものや苦手なものを排除して、できる限り心地良い時間を過ごしてもらえるよう努めるのは、おもてなしの基本だとお義母様にも教わりました。

「だから最初は苦情だと思っていたのだけれど、だんだんとそこに悪意が交じるようになってしまったのよね」

「悪意、ですか？」

「ええ……ドレスが台無しにされていたり、化粧品が紛失したり、侍女同士の小競り合いが尽きないみたいなの。ドレスや化粧がなければ、お兄様の前に出られないでしょう？　そうやってお互いを牽制し合ってるのよ」

はぁ、とアリア様がまたため息を零しました。

「……ねえ、舞踏会でリリアーナを庇ったご令嬢を覚えているかしら？」

「ええ、もちろんです。私もハンカチを預かったままなので探しているのですが……」

私をワインから庇って下さったご令嬢のことは、隠されていたお顔以外はしっかりと覚えています。

とはいえ、ドレスや指輪の有無などで未婚のご令嬢ということしか分かっていません。私も数少ない友人たちに手紙で尋ねたり、エルサたちが他家の侍女同士の情報交換などで探ったりしているのですが、ご令嬢探しは難航しているのです。

「あの時、お兄様が『良いご令嬢』だとか言ったのでしょう？」

「はい。凛としたとても素敵な方でしたので」

「どうやら我が国のご令嬢ではなく、他国の……つまり候補者たちの中にいるんじゃないかって話になって、ご令嬢探しも過熱しているみたいなのよ。見つけ出して牽制するなり、取り入るなりしたいのね。それで言い争いが起きてもいるみたい。……それはそうよね。誰が見たって今回の件に一番興味がなさそうな王太子が唯一、関心を持った人だもの」

私はアリア様の言葉に、舞踏会のバルコニーでのアルフォンス様との会話を思い出しました。私でも結婚に興味がなさすぎるのが見て取れたのですから、彼の心を射止めようとする候補者様たちは敏感にそれを察知しているのでしょう。

「そういえば……タラッタ様のご体調はまだ芳しくありませんか？」

私の問いかけにアリア様が表情を曇らせました。

「ええ。まだ臥せっているわ」

「まあ……よほどこちらの気候が合わなかったのでしょうか」

「……殿下」

ふいに私の後ろに控えていたジュリア様が口を開きました。

「失礼ですが……毒の可能性は？　タラッタ姫は、祖国では戦士としても活躍していると聞き及んでおります。常日頃から鍛錬を欠かさずにいるような方がこんなにも長く臥せるなんて……」

思いがけない言葉に私は息を呑み、慌ててアリア様を振り返ります。

アリア様は、静かに首を横に振りました。

「それが分からないの。どれだけ調べても毒は出ていないのよ。彼女自身からも、彼女の身の回りのものからもね。だから本当にこの国の気候が合わなかった可能性のほうが今のところは高いわ。御殿医たちも尽力してくれているから、早く良くなるといいのだけれど」

アリア様が心配そうに目を伏せました。

なんとお声を掛ければいいのかと私は頭を悩ませます。ですが、私が口を開くよりも早くアリア様が顔を上げました。

「選ばれなかった候補者の皆には、元気に気持ちよく祖国に帰ってもらわないといけないの。これから先の国交のためにもね」

「ウィリアム様もアルフォンス殿下も同じようなことをおっしゃっていました」

「その通り。お兄様のお妃選びではあるけれど、外交でもあるの。ホテルと後宮に籠もりきりでは、鬱々としてしまうのは致し方ないことだわ。それで苛立って争いが生まれるのだって当然よ。だからね、リリアーナ」

立ち上がったアリア様が私の隣に座り直し、膝の上にあった私の手を両手でぎゅっと包み込みます。

「リリアーナ、わたくしと同じ相談役でもある貴女に、侯爵家でお茶会を開いてほしいの」

「わ、私が、ですか？」

「ええ。後宮とホテル以外で、少し息抜きをする場所が彼女たちには必要だと思うの」

「そうかもしれませんね。家に籠もりきりだと、弟たちも喧嘩をしたりしますもの」

「でしょう？　もちろんわたくしも支援するわ」

　アリア様が力強く頷きます。

　相談役として、私に何ができるのかは分かりませんが、お茶会を開くことは相手を観察するにも、皆さんの気持ちをすっきりさせるにも最適のように思えてきました。

「ただ……開催は夫に相談してもよろしいでしょうか？　普段のお茶会でしたら私の一存でもかまわないと思うのですが、お姫様たちを招待するとなると……」

「ええ、もちろん。わたくしからもウィリアムに打診しておきます。警備に関しては、彼の手を借りないわけにはいきませんからね」

　アリア様はそう言って微笑みました。

「王女としては、候補者の皆には無事に祖国に戻ってほしい。でも……わたくしとしては、大事な兄に幸せになってほしいの。お兄様は、国を想うあまり、少々自分を大事にしないところがあるのが玉に瑕よね。王太子としての義務かもしれないけれど、やっぱり生涯の伴侶となる方を最終的には自分の目で見極めてほしいと思っているわ」

「アリア様……」

「とはいえ女性はいくつも仮面を被っているのが常。殿方には分からないだろう部分を同じ女であるわたくしたちが見極めましょう。国民のためにも、変な人が将来王妃になっては困るもの」

「はい、アリア様」

私の返事にアリア様はほっとして表情を緩められたように見えました。同じ相談役とはいえ、身内であるアリア様のほうがきっと感じる責任は重いものでしょう。

「相談役として、頑張りましょうね、リリアーナ」

アリア様が私の手を改めてぎゅっと握り、私も今度はその手を握り返しました。

「頑張りましょう、アリア様」

こうして私は相談役として、決意を新たにしたのでした。

ウィリアム様が許可を下さったので、お茶会は無事に開催する運びになりました。

開催は一週間後を予定していますので、それまでに準備を整えるべく、毎日、あれやこれやと仕度に追われています。

正直、急な開催でしたので招待状を送っても色好い返事は頂けないと思っていたのですが、候補者の皆様から「是非」と嬉しいお返事を頂きました。

ただ残念ながら、タラッタ様だけはまだお体の調子が悪いようで、不参加のお返事を頂きました。一日も早く回復されることを祈るばかりです。

「久しぶりのお出かけね」

隣に座るお義母様の声は弾んでいます。

「はい、お義母様。ぴったりのものがあるといいのですが」

「きっと見つかるわ。高貴な方々をお招きするんだもの。細部にまでこだわらないとね」

そう言ってお義母様は微笑みました。

今日は町へと出てきています。お茶会のテーブルに飾る小物を探しに来たのです。こういったものは、やはりお店に直接お邪魔して、数多くの商品を吟味するのが一番いいというのはお義母様の教えです。

向かっているのは、輸入雑貨のお店で、候補者様たちが祖国を感じられるような小物を見つけに行くのです。

候補者様の中には王国に来るまでに何カ月もかかる方もいるそうで、祖国を少しでも身近に感じてもらえればと思ったのです。それにそういった小物があれば、会話のきっかけにもなり、交流も深まるはずです。

「……ウィリアム様、大丈夫でしょうか」

ふと窓の外に町を警邏している騎士様の姿を見かけ、ぽつりと零します。

舞踏会以来、ウィリアム様には会えていません。お茶会の件も、今回のお出かけも全てフレデリックさんが運んできてくれるお手紙でのやり取りでした。

「そうねぇ……今回は本当に忙しそうね」

「はい。冬の間もお忙しそうでしたが……夜だけは帰って来られる日も少なからずありました。ですが今回は全く……」

「これぱかりはしょうがないわね……そうだわ。軽く摘まめるようなお菓子を後で差し入れしてあげるといいわ。疲れている時は甘いものが恋しくなるって、前にわたくしの夫も言っていたのよ。元とはいえ同じ騎士だから信憑性があるでしょう？」

「お義父様も甘いものを？」

「ええ。あの人は近衛だったから、ウィリアムとは忙しさがまた違ったのだけれど、仕事中も簡単に摘まめる甘いものを喜んでくれていたわ。一口サイズのチョコレートとか、キャンディとか」

「そういったものは差し入れしたことがなかったです。お義母様、帰りにお店に寄ってもいいでしょうか？」

「もちろん。ふふっ、わたくしも久しぶりに旦那様にプレゼントしようかしら」

「きっとお義父様も喜ばれます」

　私の言葉にお義母様は、そうだといいわ、と嬉しそうに頷きました。

　それからどんなお菓子にしようかと話をしている内にお店に到着したようで、馬車がゆっくりと速度を落として止まりました。

止まってから少しして馬で並走していたジュリア様がドアを開けてくれ、もう一台の馬車に乗っていたエルサとアリアナが私たちが降りるのに手を貸してくれました。

町はそこかしこに花が飾られて、春らしい穏やかながらもわくわくするような空気に包まれていました。相変わらずたくさんの人が道を行き交い、馬車もたくさん走っています。

「おや、リリアーナ夫人」

耳慣れた声に振り返ったのに、見慣れぬ騎士様がこちらにやって来ました。

茶色の髪に眼鏡をかけている男性騎士でした。一瞬、誰だか分からなかったのですが、お義母様が「あら、殿下」と小さく呟き、私もこの騎士様がアルフォンス様が変装しているのだと遅れて気付きました。

お義母様がアルフォンス様が変装している意図を汲んで、簡単な挨拶で済ませたので私もそれに倣って挨拶をしました。

「騎士様、お一人ですか？」

私の問いに、アルフォンス様は周囲に視線を巡らせて首を横に振りました。

「つかず離れずのところに何人か。カドックもどこかにいるよ」

私には分かりませんが、どこかに護衛の方々がいるようです。

「僕は、師団長に『働きすぎだ』と言われて気晴らしにね。夫人たちは、お買い物かな？」

「はい。今度のお茶会に必要なものを買いに来たのです」

「騎士団のほうにも差し入れをさせていただく予定ですの。何かこれというものがあれば……」

お義母様が尋ねます。

「そうだなぁ、何分、朝も夜もないような生活で……やっぱり美味しい食事は必要だよ。できれば片手で食べられるようなサンドウィッチがありがたいね」

「分かりました。では多めに作って持っていきます」

「お菓子もお付けしますわ。皆さん、お忙しい時期だとは思いますが、健康な体があってこそ。ほんの少しでも休憩を取って、お体を大事になさって下さいませ」

お義母様の言葉にアルフォンス様は、少しばつの悪そうな顔で頷きました。想像でしかありませんが、皆さん、忙殺されてとても健康に悪い生活を強いられているのでしょう。

「これ以上の立ち話はお仕事の邪魔になってしまいますわね。では、失礼いたします」

お義母様が会釈をして歩き出し、私も同じように挨拶をしてその背に続きます。

お店は目と鼻の先で、エルサがお店のドアの取っ手に手をかけた時、私の首元で異変が起こりました。

「ま、まあ」

首元を飾っていた真珠のネックレスからプツンと絹糸の切れる音がして、パラパラっと真珠がそこら中に散らばっていってしまいました。

「あらあら、リリアーナ……！」

「お、お義母様、どうしたら……」

「奥様、動かずにいて下さいませ。アリアナ、そっちにも」

エルサとアリアナ、そしてジュリア様まで一緒になって拾ってくれますが、小さな真珠は通行人に蹴飛ばされたり、うまい具合にころころとどこまでも転がって行ってしまったりと絶望的です。

「ありゃー、これは困ったね。まずは通行人を止めないと……」

そう言ってアルフォンス様が息を吸った瞬間でした。

「全員、動くなぁ！」

ふいに凛とした女性の声が辺りに響き渡って、私は思わず背筋を正します。アルフォンス様も驚いた様子で固まっています。それに私たちだけではなく、通行人の皆さんもぴたりと歩みを止めました。

声のしたほうを振り返ると若い女性がいました。

「こちらのご令嬢が探し物をしている。足元に真珠が落ちていないか見てあげてくれ！」

女性の一声に通行人の皆さんが足元を見て、そして「ありましたよ」と真珠を届けてくれました。

私は一人一人にお礼を言って、真珠の数を数えます。

「五十、五十一、五十二……」

「あと一粒でございます」

エルサが眉を下げました。

「小さいからなぁ」

恐れ多いことにアルフォンス様まで探して下さっています。私も一生懸命、辺りを見回しますが小さな真珠は見当たりません。

「あっ！　あった！」

例の女性が嬉しそうに私に駆け寄ってきました。

私が差し出した両手の上にぽとんと最後の一粒が置かれます。

「ふふっ、よかった。こんな小さいのが全部見つかるなんて、貴女の日ごろの行いが良いんだね」

ポニーテールに結わえられたチョコレート色の髪に、新緑を思わせる緑のアーモンド形の瞳。健康的な美しさが女性の潑剌とした笑顔を輝かせています。

「ありがとうございます。貴女が道行く人を止めて下さったおかげです。……このネックレスは夫が贈ってくれたものなのですが、アンティークのお店で見つけた年代物なので絹糸が傷んでいたのかもしれません」

「そうなんだ。というか旦那さん？　……既婚だったんだね。てっきり母娘かと思って、ご令嬢だなんて言っちゃった」

　女性が気まずそうに眉を下げました。

「わたくしにとっては義理とはいえ、可愛い娘です。娘のために、ありがとう」

　お義母様がそう声を掛けると、女性は気恥ずかしそうに肩を竦めました。

「じゃあ、私はこれで」

「あの、お待ち下さい」

　私は踵を返そうとした女性を呼び止めます。不思議そうに首を傾げて足を止めてくれた女性の手を取り、彼女が見つけてくれた最後の一粒だった真珠をその手にのせます。

「せめてものお礼です」

「し、真珠なんて高価なもの貰えないよ……！」

「いえ、貴女のような素敵な方と、この真珠は縁を繋いでくれました。だから、その記念に。五十粒以上あるのですから、繋げ直せばネックレスとして支障はないはずですし、夫もお礼に渡したと言えば納得してくれます」

　女性は、手の上の真珠と私の顔を何度か交互に見た後、にこっと笑って真珠を握り締めました。

「ふふっ、ありがとう。大したことをしたわけじゃないけど、真珠を貰えるなんて幸運だ。

大事にするよ」

「こちらこそ本当に助かりました。ありがとうございました」

私の言葉に女性は、ひらひらと手を振るとポニーテールを揺らしながら颯爽と去っていきます。

「騎士様も、ありがとうございました」

私は隣に立っていたアルフォンス様を見上げてお礼を言いますが、アルフォンス様は女性が去っていったほうをじっと見つめています。

「騎士様？」

「どうされたんです？」

私とお義母様が声を掛けると、アルフォンス様は数拍の間をおいて口を開きました。

「……良い子だね」

「はい。溌剌として素敵な方でした」

アルフォンス様の言葉に頷きますが、アルフォンス様はどこか上の空です。アルフォンス様らしからぬその様子に私とお義母様は顔を見合わせます。

「あの、騎士様？」

するとアルフォンス様がはっと我に返って、咳ばらいを一つしました。

「ごめん、少しぼうっとしてしまった。夫人、お買い物を楽しんでね。僕は仕事に戻るよ」

　口早にそう告げると、アルフォンス様は軽く会釈をして警邏に戻られました。歩くのが速くてあっという間に人ごみに紛れてしまいました。

「……どうなさったんでしょう」

　お義母様も「お疲れなのかもしれないわねぇ」と心配そうに眉を下げました。

「甘いものは多めに用意するほうがいいかもしれないわね」

「はい、お義母様」

「では、お店に行きましょうか。こちらもしっかり選んで、殿下のためにも最高のお茶会にしましょうね」

　そう微笑んでお義母様が今度こそ、お店の中に入っていきます。私もその背についてお店の中へと入ろうとしたのですが、ふと足が止まってしまいます。

「奥様？」

「どうかされましたか？」

　私の後ろにいたエルサとジュリア様が首を傾げます。

　私はなんとなく先ほどの女性が去っていった方向を見つめます。

「先ほどの方……なんだかどこかで会ったことがあるような気がして……」

「ですが、奥様が庶民の方と交流することなどありましたか？」

ジュリア様が顎を撫でながら思案にふけります。

基本的に屋敷にいるので、あまり庶民の方と交流を持つことはありません。精々、孤児院の慰問に出かける時くらいです。

「孤児院もいつも同じ方にしか会いませんしね」

私の心の中を読んだのか、エルサがそう付け足します。

お義母様が「リリアーナ？」とお店の中から私を呼びます。

「あ、いえ、なんでもありません。ごめんなさい、きっと気のせいですね。行きましょう」

私は首を横に振り、慌ててお店の中へと急いだのでした。

いよいよ、お茶会本番です。

朝から侯爵家の人間は皆、仕度に準備にと大忙しで屋敷の中は賑やかです。

雲一つない晴れた空が広がっていて、予定通りお庭で開催できそうです。

私はアリアナと共にテーブルを一つ一つ、お花や先日お義母様と町のお店で選んだ小物がきちんと飾られているかを確認して回ります。

今日は立食形式で特に席を指定せず、自由に交流ができるように会場を整えてあります。もちろん疲れてしまった時用に木陰に椅子も用意してあります。

花瓶の花が少し傾いているのを見つけて直していると「奥様！」と呼ばれて顔を上げれば、エルサとその後ろにアリア様がいました。

私は慌ててそちらに向かいます。

「ごめんなさい、リリアーナ。わたくしは招待された側だけれど、何か手伝えることがあればと思って早めに来たの」

「ありがとうございます。アリア様……あの、でしたらテーブルの飾りを確認していただいてもよろしいですか？　お義母様からのアドバイスで各国の民芸品や特産のお花などを集めてみたのです」

「まあ、素敵ね。是非、見てみたいわ」

私はアリア様に説明しながら再びテーブルを回ります。

全てを回り終えるとアリア様は「完璧よ」と褒めて下さいました。

「貴女に任せてよかったわ。リリアーナ、開始まで時間があるから、少し休みましょう？　貴女に何かあったら、ウィリアムが何をしでかすか分からないもの」

「ですが……」

渋る私にエルサが口を開きます。

「王女殿下のおっしゃる通りです。奥様、本番はこれからなのですから、開始まで談話室で休憩して下さいませ」

「……分かりました」

　エルサに言われてしまうと私は弱いのです。そんな私たちのやり取りをアリア様がくすくすと笑いながら見ています。

「さあ、行きましょう。事前に候補者たちの情報も改めて確認しましょう」

「はい、アリア様。……そういえば、アルフォンス様はお元気ですか？　先日、町でお会いした時、少しお疲れのご様子だったので」

　私は屋敷へと歩きながらアリア様に問いかけます。

「お兄様には最近会えていないのよね。普段だったら、朝食か夕食の席のどちらかにはいるのだけれど……忙しいみたいで。けれど、いつも通り仕事は回っているから、今のところは大丈夫だと思うわ。でもお兄様、町で何をしていたの？」

「変装して警邏をしていらっしゃいました。どうも私の夫が根を詰（つ）めすぎている様子のアルフォンス様を外へ出したようで」

「ウィリアムは、そういうところが優（やさ）しいわね」

　ふふっと笑うアリア様と共に談話室へ向かい、つかの間の休息を得るのでした。

お茶会は穏やかに始まりました。

大国、小国、近いところに遠いところ、十人十色のお国柄（くにがら）で交流を深められるかと思っていましたが、やはり皆さん、国同士が近しい方々や、国の大きさや豊かさが同じような方々とそれぞれテーブルを囲んで談笑（だんしょう）しています。

私とアリア様は順繰（じゅんぐ）りにテーブルを回ってお話を楽しみました。

直接お話をしてみると、小国の方々は選ばれる理由もないと思っているようで、お茶会自体をのんびりと楽しんで下さっているのが伝わってきました。

一方、大国の方々は選ばれるのは私だという意気込みと共にピンと張（は）り詰めた緊張感がありました。

ですが、その中でもひときわ異色だったのは、有力候補の中で唯一、平民の身分であるフィロメナ様でした。

フィロメナ様はずっと同じテーブルでお話をしているわけではなく、私たちと同じように様々なテーブルへ行き、会話を楽しんでいるようでした。

お互いにテーブルを回っていたのですが、フィロメナ様と同じく平民の身分である方々が集まっているテーブルでお会いすることができました。私が先にこのテーブルでお話をしていたところ、フィロメナ様がやって来たのです。

平民といっても、彼女たちの国が王政ではないだけで、皆さん国の首長の娘さんです。

やはりただ一人、商人の娘であるフィロメナ様は異色の経歴なのかもしれません。

フィロメナ様は、肩までの長さの淡い茶色の髪に赤茶色の瞳が涼しげな美人さんです。すらりと背が高く、それでいてスタイルも抜群です。ブルーのドレスが、理知的な彼女によく似合っています。

「改めまして、スプリングフィールド侯爵夫人、私はアーデルヘイト共和国を中心に商売をさせていただいておりますアボット商会会頭の娘、フィロメナと申します」

「どうぞ、ここではリリアーナと呼んで下さいませ。フィロメナ様ともお話しできるのを楽しみにしていました」

「光栄です。私もクレアシオン王国の女神様と呼ばれるリリアーナ様とお話ししたかったのです」

フィロメナ様は褒めるのがお上手で、少し照れながら私はお礼を言います。

「フィロメナ様の商会では、どのような商品を扱っているのですか？」

私の問いかけにフィロメナ様の顔が輝きました。

「嬉しい質問です。アボット商会はありとあらゆる商品を取り扱っておりますが、私が今おすすめしているのは、美容系の商品でございます」

「美容系、ですか？」

「はい。アーデルヘイト共和国では、花の生産が盛んでして、豊かな香りと鮮やかな色が特徴的でございます。その花を香料に利用した石鹸が一押しなのです。自然由来のものしか使っておらず、お肌にもとてもいいのです」

流れるような説明に私は少し気おされてしまいますが、同じテーブルにいた候補者様が口を開きます。

「わたくしも、慣れない土地で肌荒れに悩んでいたのですが、フィロメナ様の石鹸を使ってみたら、見て下さいませ、もちもちでございます！」

「まあ、貴女もですの？　わたしもフィロメナさんにお声を掛けていただいて……」

「彼女たちとはホテルの階が同じでして。侯爵夫人も是非」

フィロメナ様がどこからともなく、可愛らしくラッピングされた石鹸を私にくれました。

「これは試供品なのでサイズは小さめですが、正規品はもっと大きいですよ」

レースの袋に入っている石鹸からは、優しく甘い花の香りがします。

「とてもいい香りですね」

とはいえ私の肌に私より神経質なエルサを通さなければ、怒られてしまいます。後で話してみましょう、とそれをポケットにしまいます。

「素敵なものをありがとうございます」

「いいえいえ。ですが、もし気に入っていただけましたら、教えて下さい。すぐに商品をお持ちします」

「ええ、その際はお願いしますね」

「本来であれば、私のような身分の者がこのような場にお邪魔することはまずできません。ですから経緯はどうあれ、このような機会を与えて下さった王太子殿下には感謝を伝えたいです」

そう言ってフィロメナ様は小さく微笑みました。

フィロメナ様は、候補者様というより本当に商人さんのようです。他の候補者様も、有力候補と囁かれているにもかかわらず、商売一筋のフィロメナ様に少し面食らっている様子でした。

有力候補の皆さんは、もっとガツガツしているかと思っていたのですが、やはり考え方は人ぞれぞれのようです。

「ふふっ、そういう考え方は新鮮ですね」

アルフォンス様の言う面白い方というのは、こういうことなのでしょうか。ですが、面白いというのもやはり基準は人それぞれでしょうし、難しいですね。

「ところで、これは皆さんに尋ねているのですが、何かお困りのことはありませんか？慣れない土地で大変なこともあるでしょうし、私でよければ力になりますので……フィロメナ様？」

フィロメナ様は、何故か目を丸くして私を見ていました。他の候補者様も同じような顔で私を見ています。

「どうかしましたか？」

「あ、いえ、お心遣いありがとうございます。……商売に来ているようだと怒られるかと」

「お仕事はフィロメナ様の大事なものなのでしょう？　石鹸のお話をされている時のフィロメナ様は輝いておられましたもの。大事なものを大事にできるのは、とても立派なことです」

　フィロメナ様は拍子抜けしたような顔をした後、今度は柔らかな笑みを浮かべました。

「侯爵夫人にならお話ししてみようかしら……実は少々、困っていることがあるのです」

　声を潜めてフィロメナ様は眉を下げました。

「先ほどお渡しした石鹸も含め、いくつか美容に関する商品を持ち込んでいます。あ、全てクレアシオン王家に許可を得ておりますのでご安心を。その商品はホテルの別室に置かせていただいているのですが、それが荒らされていたり……後は、その、少々、脅迫じみたお手紙が届いたり」

「まあ……もしや、皆さんも？」

　私はテーブルにいる候補者様たちを見回しますが、彼女たちは首を横に振りました。

「わたくしたちは、候補者というだけで殿下に選ばれる可能性はほぼありませんから、平和なものです」

「フィロメナさんは有力候補ですから、そのせいではないでしょうか」

彼女たちは深刻そうな顔でフィロメナ様を見ています。フィロメナ様は困ったように眉を下げたまま肩を竦めました。

「私も仕事柄、物騒なことには慣れていますが、今回は場所柄、少し不安なのです」

「フィロメナ様、私が力になります。……それで、そのお手紙は一体、どのような」

「奥様」

深く聞こうとしたところでジュリア様に呼ばれて振り返ります。ジュリア様は今日も私からつかず離れずの位置で護衛をして下さっているのです。

「王女殿下がお呼びです」

その言葉と共にジュリア様が振り返ったほうに私も顔を向けると、アリア様が手招きしていました。私は首肯を返し、フィロメナ様に顔を戻します。

「フィロメナ様、後でもう一度詳しくお聞きしても？」

「ええ、むしろ私のほうからお願いいたします」

「ありがとうございます。では、失礼します」

フィロメナ様の言葉に安堵を覚えながら、私はアリア様の下へ向かいます。

アリア様がいたのは、有力候補の中でも一位のタチアナ様と二位のサーラ様がいるテーブルでした。もう一人、同じ候補者ではありますが有力候補ではないポリーナ様がいます。ポリーナ様はタチアナ様とは国が隣同士の幼馴染だと、資料に書いてありました。

ポリーナ様はブルネットの髪に細身の可愛らしい顔立ちの方です。

「どうされました？」

「それがね……どうもタチアナ様とサーラ様に脅迫の手紙が届いているみたい」

その言葉に、私は思わずフィロメナ様を振り返りました。するとフィロメナ様も私を見ていたようで目が合い、察しのいい彼女がこちらに来てくれました。

フィロメナ様が「どうされました？」と首を傾げます。

「こちらのタチアナ様とサーラ様にも脅迫のお手紙が届いているそうなのです」

「『も』ってことは、フィロメナ様にも？」

アリア様が驚きに目を丸くし、フィロメナ様が控えめに頷きました。

「ポリーナ様は、大丈夫なのですか？」

私の問いにポリーナ様は慌てたように首を横に振りました。

「わ、わたしは全然、あの、なんの被害もないです」

「被害がないのならそれが一番だわ。……それで内容は？」

アリア様の問いに三人が同時に口を開きました。

「「『お前は王太子に不釣り合いだ、今すぐこの国を出て行け』」」

全く同じ文言を口にした三人に私とアリア様は顔を見合わせました。

「皆さん、一緒ということかしら？」

アリア様が問いかけます。

「そうみたい、ですね」

サーラ様が不安そうに頷きました。

一方のタチアナ様は、ふふんと笑ってフィロメナ様に顔を向けます。

「あたくしは気にしておりませんわ。あたくしたちは皆、ライバルですもの。小競り合いの一つ二つはあるでしょう。でも……お一方は間違ってはいませんでしょう？　商人の娘がクレアシオン王国の王太子殿下に相応しいとは、確かに言えませんもの」

「タチアナ様」

サーラ様が諫めるように名前を呼びますが、タチアナ様は、ふんとそっぽを向いてしまいました。

「まあ事実と言えば事実ですが、私を呼んだのは他ならない国王陛下ですから」

フィロメナ様が笑顔で流すと、タチアナ様は少しむっとしたように目を細めました。

バチバチと火花が散っているような、びりびりした空気に私とサーラ様は二人の顔を交互に見ながらおろおろしてしまいます。

「とりあえず、詳しい話はまた後で聞かせてちょうだい。今はお茶会を楽しみましょう？」

アリア様の提案にフィロメナ様は頷きましたが、タチアナ様はどこか不満げです。

「タ、タチアナ、貴女、紅茶はいいの？」

その空気を払拭するかのようにポリーナ様がタチアナ様に向かって言いました。

するとタチアナ様が「そうだったわ」と何かを思い出したのか、胸の前で両手を合わせました。

「あたくしの国の特産品である紅茶をお持ちしましたの。皆さんにも是非、味わっていただきたくて……茶葉とハーブをブレンドしていて、美味しいのですわ」

タチアナ様がパンパンと手を叩くと、会場の隅に控えていたタチアナ様の侍女さんがやって来ます。タチアナ様に茶葉が入った缶を渡すと、元の位置に戻っていきました。

「こちらです、香りもよくて、祖国では王族も貴族も国民も毎日飲んでいるのですわ」

「まあ、ありがとうございます。エルサ」

缶を受け取り、エルサを呼べば、すぐにエルサが紅茶を淹れるための仕度をしてきてくれました。

「リリアーナ様、よろしければあたくしが淹れますわ。淹れ方にコツがあるんですの」

「タチアナ様自ら淹れて下さるなんて、光栄です」

私の言葉にタチアナ様は誇らしげに頷いて、私から缶を受け取り手際よく紅茶の仕度を始めました。普段から自ら紅茶を淹れて飲むほど、こだわりがあるのかもしれません。

私たちの会話を聞いていた他の候補者様たちもなんとなくこちらに近寄ってきます。

「あたくしの一番好きなブレンドですの。初摘みの茶葉を丁寧に加工して、そこにハーブをブレンドするのですわ。摘み取ってすぐに乾燥させているので香りが違いますの。このハーブはあたくしの国やポリーナの国ではよく見かけますが、こちらの国では自生していないので、王女殿下にもリリアーナ様にも楽しんでいただけると思います」

「ふふっ、それは楽しみだわ」

アリア様が嬉しそうに顔を綻ばせます。そういえば、アリア様は紅茶がお好きだと前にアルフォンス様が言っていました。

タチアナ様が淹れた紅茶を彼女の侍女さんが、もう一つのワゴンに用意されたティーカップに注いでいき、我が家のメイドさんたちが候補者様に配ってくれます。

全員に行き渡ったのを確認し、タチアナ様が口を開きます。

「まずは香りを楽しんで下さいませ」

その言葉に従い、私はカップを鼻先に近づけます。茶葉の深い香りの中に、ハーブの爽やかな香りが隠れています。

「とても深みのある香りね。それにハーブの香りが寄り添っていて落ち着く匂いだわ」

「流石、王女殿下ですわ」

アリア様の言葉にタチアナ様が嬉しそうに笑い、紅茶に口を付けました。

本当に良い香りで私は存分に香りを楽しんでから、口を付けようとしたところで、ガチャンとカップが落ちる音がしました。

音のしたほうを振り返れば、ポリーナ様が口を押さえていて、彼女の足元にカップが転がっています。

「ポ、ポリーナ様？」

アリア様が驚きに目を見開きます。

「し、したが、しびれへ」

ポリーナ様は現状を伝えて下さいましたが、ろれつが回っていませんでした。

ふと見ればタチアナ様も手で口を押さえて目を白黒させています。

「奥様、失礼いたします」

ジュリア様が私の持っていたカップを手に取り、口を付けすぐにハンカチに吐き出しました。ジュリア様は眉を寄せ、カップをテーブルに置きました。

「何かが混入しています。皆様、すぐにカップを置いて、口を付けないように！」

ジュリア様が声を上げると、候補者様たちはすぐにカップをテーブルへ戻していきます。

ガチャガチャと食器の鳴る音の中、アリア様はティーカップをじっと見つめます。

騒然となる会場で、候補者様たちはヒソヒソと囁きながら、疑惑の眼差しをタチアナ様

に向けます。

「こんなに堂々と毒を仕込むなんて……」

「有力候補のくせにこんなことをするなんて、自信がないのかしら」

そんな声がそこかしこから聞こえてきます。

「皆様、落ち着いて下さいませ。タチアナ様が仕込んだと決まったわけでは……」

「でも、リリアーナ様、持ち込んだのはタチアナ様ですわ。カップなどは侯爵家のものですが、侯爵家が私たちに毒を仕込む理由がありませんもの」

「その通りですわ。王女殿下もいる場所で、なんてことを……」

フィロメナ様とサーラ様の言葉に候補者様たちが一斉に頷きました。

タチアナ様は何か言いたそうにしていますが、舌が痺れているのか言葉が出ないようでした。エルサとアリアナが、応急処置としてタチアナ様とポリーナ様に水を飲ませます。

すると一人の候補者様が前に出てきました。

ヴェルチュ王国の第二王女であるグラシア様です。ヴェルチュ王国は、とても小さな国で絹や綿の生産が主な産業です。新婚旅行で港町を訪れた際、ウィリアム様が屋敷の女性陣へのお土産にと買った絹手袋は彼女の国のものです。

グラシア様は私たちの下へやって来ると、テーブルの上にあったサーラ様のカップを手に取りました。

「グラシア様……!?」

そして、あろうことか口を付けました。すぐにハンカチで口元を押さえていましたが、突拍子もない行動に驚きを隠せません。

「確かに痺れる。……でも……茶葉を見せてもらっても？」

そう言ってグラシア様はワゴンから茶葉の入った缶を手に取り、私たちのテーブルの上に茶葉を出しました。私とアリア様も横から覗き込みます。

一見して、焦げ茶色の茶葉とくすんだ黄色や紫のハーブの花が交ざっているだけのように見えました。

「……ああ、これね」

グラシア様が指で摘まみ上げたのは、黄色い花でした。コスモスの花に形は似ていますが、とても小さいです。

「これが、なんなの？」

アリア様が尋ねるとグラシア様は、あっけらかんとこう答えました。

「これ、毒草です。殿下」

会場にざわめきが広がり、皆、顔を見合わせ不安そうにテーブルの上のカップを見ます。

「こっちのこのハーブと、そっくりなんです」

グラシア様は、もう片方の手で同じような黄色い花を摘まみ上げました。

「裏のがくの部分が少し違うだけで、花だけでなく葉っぱも似ているんです。そして、厄介なことに同じ場所に生えるので、本当に間違えやすいんです」

「……確かにわたくしには、違いが分からないわ」

アリア様が二つを見比べながら眉を寄せます。

「毒草と言っても致死(ちし)性はないですし、一過性のものです。私の国にも生えていますが、子どもたちが悪戯(いたずら)に使ったりもするのですよ。それに別の薬草と一緒に煎(せん)じると薬にもなります」

へぇ、と私たちは感心の声を漏(も)らします。

グラシア様は、その間にも茶葉の中から毒草をより分けていきます。私たちにはさっぱり分かりませんが、彼女にはその違いがよく分かっているようでした。

「おそらく、収穫(しゅうかく)の工程で交ざってしまい、不運なことに誰も気付かなかったのでしょう」

グラシア様の言葉に、そうはいっても候補者様たちは納得ができないようでした。

「犯人がタチアナ様だったとしたら、タチアナ様がこんなにも自信満々に紅茶を振る舞(ま)うかしら？　それに自分でも口を付けているわ。毒が入っているなら飲まないか解毒(げどく)薬でも常備しているはずよ」

そう言ってグラシア様は、タチアナ様の下に向かいます。

「タチアナ様、貴女はとても大切そうにこの紅茶を淹れていましたね」

「ええ。我が国の誰もが愛する紅茶ですから……でもまさか、こんなことになるなんて」

先ほどまでの勢いが嘘のように、タチアナ様は落ち込んでいるご様子でした。心なしか涙目になっています。それが演技には到底思えませんでした。

「グラシア様の言う通り、タチアナ様が犯人だとは考えにくいわ。あまりに堂々としすぎているし、範囲が広すぎる上、一番に口を付けているんだもの」

アリア様がグラシア様の意見に味方されました。

「……王女殿下がそうおっしゃるならば、これは不運な事故だったのでしょう」

「タチアナ様、疑ってしまってごめんなさい」

フィロメナ様とサーラ様が続けて告げました。

すると表立ってタチアナ様を疑っていた候補者様たちも、射止めたいお相手の妹であるアリア様には逆らいにくいのか、渋々ながらも納得の姿勢を見せてくれました。

「リリアーナ、折角、お茶会を準備してくれたのに申し訳ないけれど、今日はもうお開きにいたしましょう。タチアナ様とポリーナ様は、待機している侯爵家のお医者様に念のため、今すぐ診てもらったほうがいいでしょう。部屋を用意してもらえるかしら」

「もちろんです。皆様も、中の応接間でお迎えをお待ち下さいませ」

私はアリア様の言葉に頷き、エルサたちに目で合図を送ります。すると優秀な我が家の使用人の皆さんは、即座に私が願った通りに動き、候補者様たちを案内してくれました。
タチアナ様とポリーナ様は別室で、有事に備え待機していて下さった侯爵家の主治医モーガン先生の診察を受けることになったのでした。

候補者様が続々と侯爵家を後にし、タチアナ様とポリーナ様も、モーガン先生に「問題なし」との診断を受けてからお帰りになられました。

「グラシア様、先ほどはありがとうございました」

最後に残ったグラシア様に私はお礼を告げます。彼女はモーガン先生に今回の毒草とハーブの違いを教えて下さっていたのです。

「あのままでしたら、タチアナ様のお立場がなくなってしまうところでした。グラシア様の博識に助けられました」

グラシア様は、綺麗な緑の瞳を丸くした後、慌てて首を横に振りました。

「い、いやいや。そんなに大したことじゃ。……私の国は、自然が豊かで、というか自然しかないから覚えただけですから」

「それでも貴女の知識がなければ、わたくしたちではどうすることもできず、もっと大騒ぎになっていたわ。貴女はタチアナ様の名誉とリリアーナの名誉も守ってくれたのよ。わたくしからもお礼を言うわ。ありがとう、グラシア様」

アリア様の言葉にグラシア様は「恐れ多いです」と首を竦めました。

グラシア様はチョコレート色の髪に、お姫様にしては珍しく少し日焼けをした肌をしていますが、却ってそれが彼女の美しさを健全に引き立てていました。

ふとそこで私は、何か既視感を覚えて首を傾げます。

どうしてか脳裏に私のネックレスを救ってくれたあの庶民の女性が浮かんだのです。

顔立ちや背格好は確かに似ていますし、お化粧を落とすとあの女性にもっと似ていると思うのですが、あんなところに一国のお姫様であるグラシア様がいるでしょうか。それも我が国の庶民と全く同じ格好で。

「リリアーナ、どうかしたの？」

押し黙る私をアリア様が振り返ります。

「いえ、なんでも」

「……折角、わたくしの願いを聞いてお茶会を開いてくれたのに、こんなことになってしまってごめんなさいね、リリアーナ」

「いえ、不運が重なっただけですから」

アリア様に謝られて私は慌ててしまいます。

「一応はタチアナ様の不運ということになっているけれど、故意である可能性も否めないわ……。グラシア様、貴女は今回の件でもしかしたらいるかもしれない犯人の印象に残ったはずです」

グラシア様が眉を下げます。

「どうか身辺にお気を付けて下さいませ。相手は手紙という形とはいえ、脅迫すらしてくるような人間です」

「……嫌がらせが横行しているのは、承知しております。より一層、気を付けるよう心がけます。それに私は今回の候補者の中でも一、二位を争う小国で、相手になんかなりませんよ。嫌がらせに関しても特に何も受けていませんし、ね？　大丈夫です」

グラシア様は、私たちを安心させるかのように柔らかに笑って言いました。彼女はとても優しい人なのかもしれません。

「グラシア様、お迎えが」

アーサーさんの報せに私たちは、彼女を見送るべく、エントランスへと向かいました。

グラシア様が馬車に乗ると同時にアリア様のお迎えもやって来て、私は二人を見送り、屋敷の中へ戻ります。

アリア様はああ言って下さいましたが、やはり折角のお茶会を台無しにしてしまったのは、私の警戒心の足りなさもあるように思えて、私はエルサたちに気付かれないように、ため息を零してしまったのでした。

「……由々しき事態だねぇ。そうだろう？　カドック」

スプリングフィールド侯爵家で行われたお茶会に使用人に変装して参加していた僕――アルフォンスは、勝手知ったる侯爵家の庭を歩きながら、いつの間にか半歩後ろにいた護衛に声を掛ける。

『嫉妬やあなたの寵愛を奪い合う以外の、理由もあるのかもしれないですね』

目だけを向けて、彼の唇を読む。

僕は自分の目でも候補者を見極めようと会場に潜入していた。もちろんウィリアムに許可は得ているし、妹も承知の上だ。

つまりリリアーナ以外は全員知っている。リリアーナは正直で素直な人なので、言ったら僕を気にしすぎてバレそうだと思ったから内緒にしていた。彼女のそういうところは好ましいからね。

「……今回は本当に不運だったかもしれないし、でも意図的だという線は拭えない。調べるしかないね」

『一番の解決策は貴方が妃を選ぶことです。そうすれば、さっさと国に返せますよ』

カドックの言葉に僕は眉を寄せる。

「それは、そうだけど……」

『一人も興味を持てませんか？』

「………いや？　一人、いるよ」

カドックが素直に驚きをその顔に浮かべる。

だが、今はその相手が誰かを他言する時期ではないと判断して、笑って流す。

僕は侯爵家の裏庭を抜け、裏口に横付けしてあった馬車に乗り込む。カドックは、馬車に並走するため、愛馬にまたがった。

僕が合図を出せば、馬車は動き出す。

一人だけ、気になる候補者がいるのは嘘じゃない。

「……グラシア姫は、綺麗なチョコレート色の髪だよねぇ。始まりの舞踏会の女性も、あの日の女性も、同じ髪色だ」

ガラガラと馬車の車輪が騒がしい車内で、僕はぽつりと呟く。

あの、凛とした姿が妙に胸をざわめかせる理由に僕はまだ名前を付けることはできないのに、その理由は知識として知っているのだ。

「面白い子だよね、彼女は」

そう呟いて、僕は笑みを一つ零したのだった。

第二章　お姫様の心の内

『小説に出てきたゾンビのほうが元気そう』というのは、私――リリアーナの弟であるセドリックが久しぶりに帰宅されたウィリアム様の姿を見て発した第一声でした。

帰宅の一報に私と弟たち、そして使用人の皆で迎えたのですが、約三週間ぶりのウィリアム様は、かろうじて身なりを整えてはいるものの大分、お疲れのご様子でした。

「ウィリアム様、だいじょ」

「リリアーナだ。私の妻だ……本物だぁ……っ」

言葉を最後まで紡ぐこともできず、私はウィリアム様に抱き締められました。

「お義姉様、お兄様はとってもお疲れのようだし、後はお願いします！」

「義兄様、ゆっくり休んで下さいね」

弟たちがそう言って、早々に自室へ下がりました。私を抱き締めたまま微動だにしないウィリアム様の背を撫でながら、私はエルサに助けを求めました。

するとエルサがこちらにやって来て、ウィリアム様に声を掛けます。

「旦那様、お部屋でゆっくり休まれて下さいませ。ここでは奥様の体が冷えます」

「……それはいけない」

ウィリアム様が顔を上げたかと思えば、私はひょいと横抱きにされてしまいました。

「ウ、ウィリアム様？」

「はぁぁぁぁ、久しぶりの妻の重み、生きているのを感じる。そうだ、私は生きている」

大分、重症のようでウィリアム様は目を白黒させる私に応えることなく、どんどん階段を上がり寝室へ向かって行きます。

「皆、今夜はもう休んでくれ。おやすみ」

「おやすみなさいませ、旦那様、奥様」

ウィリアム様の言葉に、エルサたちが挨拶を返してくれ、私は気が付けば寝室のソファに座っていました。ウィリアム様が隣に腰かけます。

「あー疲れた……なんなんだ、どうしてああも争うんだ……」

がっくりと肩を落とし、頭を抱えて珍しく弱音を吐かれるウィリアム様の背を撫でます。

「私がアルフォンスにとって重要な存在だからか、私にまですり寄ってくるんだ……っ。私があれこれ言ったところで、アルフォンスが見初めるわけもない。あいつは、自分のことは絶対に自分で決めるんだ」

「……お、お疲れ様です」

女性に迫られるのが苦手なのは聞いておりますが、結婚後はほとんどなかったようでした。ですので久しぶりのことでより一層、弱っているのかもしれません。

「しかも我が家でも騒ぎが起こったそうじゃないか」

ウィリアム様が顔を上げます。私は気まずくなって、目を逸らしてしまいました。ウィリアム様が言っているのは、昨日のお茶会のことに違いありません。

「申し訳ありません……油断しておりました」

「君が悪いわけじゃないだろう？　それに大事には至っていないと聞いているよ」

お忙しい中、きっとお茶会での件で無理を押して帰ってきて下さったのでしょう。

「私もまだ報告書を読んだだけなんだ。事情聴取はするつもりなんだが、姫様方が相手だからすぐにはできず、正直、どうにも。だから君から詳しい話を聞かせてほしい」

「はい、もちろんです」

私は、ウィリアム様にお茶会が始まってからの出来事を、できるだけ丁寧に伝えます。

お茶会自体は定刻通り始まったこと、アリア様も心を砕いて下さったこと、少しギスギスしていた場面もあったけれど、全体的に和やかだったこと。

「フィロメナ様とタチアナ様が少しだけ険悪になってしまって、タチアナ様の幼馴染であるポリーナ様が紅茶の話をタチアナ様にしたことで、紅茶を淹れる流れに」

「タチアナ姫が自ら淹れてくれたと報告書にはあったが……」

「ええ、本当です。紅茶もタチアナ様が茶会のためにと持参して下さったものでした」

ウィリアム様が体を起こし、顎を撫でながらソファの背もたれに寄りかかります。どこか遠くを見ているので何か考え事をしているのでしょう。

私はその間に部屋の片隅に用意してあるワゴンで、寝る前のハーブティーを淹れます。ハーブティーを注いだカップをウィリアム様の前に置き、自分の分もその隣に置いてソファに座り直します。

「やはり、これは誰かが意図的にやったのではないだろうか」

ウィリアム様がカップに手を伸ばしながら口を開きました。

「……入っていたものの毒性の低さから言って、牽制、なのかもしれないな」

「牽制、ですか？」

「ああ。候補者たちに、毒くらい容易く盛れるのだぞ、という脅しだ」

思いがけない言葉に私は息を呑みます。

ウィリアム様がカップをテーブルに戻した音が、やけに大きく聞こえました。

「今のところ脅迫状は有力候補にしか届いていない。その犯人が茶葉をすり替え、最有力候補であるタチアナ姫を窮地に追い込もうとしたのかもしれない。あるいは、タチアナ姫が自分の潔白を証明するための自作自演かもしれないし、例えば候補者の中の誰かが王子に相手にされない腹いせにしたのかもしれない。色々な『かもしれない』が今回の件には含まれているんじゃないだろうか」

ウィリアム様の青い瞳は、鋭い光を湛えていました。

「何よりタラッタ姫の容体があまりよくないらしいんだ。事が事だから、私にでさえ詳細は下りてこないが……噂が立つというのは、よくない傾向だ。そんな中で今回の騒動は、あまりにきな臭い」

きっと私が想定している以上に、お姫様が集まっている状況は警戒が必要なのでしょう。やはり私の警戒心がお茶会を開催するに当たって足りなかったのは明白です。

私はぎゅっと膝の上で手を握り締めました。

「申し訳ありません。やっぱり……もっと何か対策をするべきでした……」

「リリアーナ、起こってしまったことは取り戻せないが、次に生かす努力をすればいい。それに本当に事件かどうかも、今のところは分からないからな」

ウィリアム様が私の肩を抱き寄せ、慰めるようにとんとんと叩きます。私はウィリアム様の目をじっと見つめ返します。

「で、では……グラシア様が言っていたように、本当にうっかり混じってしまったかもしれないという可能性もあるのですか？」

「ああ、もちろん。その『かもしれない』という可能性の真偽を一つ一つ確かめるのが私たち騎士の仕事だ。だから、大丈夫」

ウィリアム様が微笑んで、私もつられるように小さな笑みを返しました。

「それに近々、君を少々借りたいんだ」

なんだか不思議な言い方です。「君の力を借りたい」ならよく聞く言葉ですが、私を借りたいとはどういうことでしょう。私は浮かんだ疑問をそのまま口にします。

「私を、ですか？」

「ああ。相談役であり、私の妻である君だからこそ、だな。……とはいえ、今夜はもう仕事の話はおしまいだ。久しぶりに私の愛しいリィナに会えたのだから」

するとひょいと再び抱き上げられて膝の上に乗せられ、ぎゅうっと抱き締められました。

「ウ、ウィル、ム、さま？」

ぎゅうぎゅうと抱き締められて、うまく口が動きません。

しかし、ウィリアム様は黙ったままです。どうやら、いつものお仕事の疲労とはまた違った疲労を抱えているようです。特にウィリアム様が苦手とする積極的な女性の相手が大変なのでしょう。

無言で私を抱き締めて甘える可愛い旦那様を私も抱き締め返します。

「……また明日から、魔窟へ戻る」

「はい」

「…………今夜はずっと抱き締めていてもいいだろうか？」

「そうしていただけると、私も嬉しいです」

「……本当に？」

「はい。寂しいのは私も一緒ですもの」

ウィリアム様の腕の力がまた少し強くなりました。ちょっと苦しいですが、私も精一杯抱き締め返します。

それから私は抱き締められたまま、ウィリアム様にベッドまで運ばれ、時折キスを交わしながら、とりとめもない話をしました。

そして、いつの間にか私は眠ってしまったのでした。

「ヒューゴ、セディ、リリアーナのことは頼むよ」

「はい、お兄様」

「任せて下さい、義兄様！」

弟たちを順番に抱き締め、両手でそれぞれの頭を撫でるウィリアム様に弟たちが誇らしげに返事をします。

昨夜はやつれ切っていたウィリアム様もゆっくり眠り、美味しい朝食をたくさん食べたことで、少し命を取り戻したように見えます。

「リリアーナ、行ってくる」

ウィリアム様の広げた腕の中に素直に収まり、抱き締め返して背伸びをします。そうすれば、ウィリアム様が身を屈めて下さるので、その頬にお見送りのキスをします。離れる寸前、ウィリアム様が軽く私の唇にキスをしていきました。

「ウィリアム様……！」

弟たちの前では口へのキスは禁止だと何回言っても守ってくれません。

ウィリアム様は、くすくすと笑いながら怒る私の額にもキスをして離れていきます。

「リリアーナ、家のことは頼む。差し入れもいつも通り頼む」

「……もう。……はい」

ですが、こうやってすぐに負けてしまう私にも原因はあるのでしょう。それに見送る時は笑顔でというのが、ささやかながら私の中での決まりごとなのです。

「行ってらっしゃいませ、お気を付けて、ウィリアム様」

「ああ、行ってくる。……行くぞ、フレデリック」

ウィリアム様は私の笑顔に応えるように笑うと、フレデリックさんに声を掛け、今日も背筋をぴんと伸ばして出かけて行きました。

扉が閉まるとセドリックが「姉様の今日の予定は？」と私を振り返ります。

「そうですねぇ、色々とすることがあるので」

「いいえ、今日はお休みでございます」

私が答えを出す前にエルサが言い切りました。

「……お休みだそうです」

エルサに言われた時は、素直にお休みにしないといけません。ウィリアム様ともそう約束しているのです。

「僕とヒューゴは、午前中はお勉強なんだけど、午後は花壇のお手入れをするの。春になってお花がたくさん咲いたから、もしよかったら姉様にも見てほしいんだ」

「オレとセディでお世話したんです！」

私はその素敵なお誘いにエルサを振り返ると、エルサは優しく笑って頷いてくれました。

「許可が下りました。是非、見に行かせて下さいね」

「うん！」

「やったな、セディ！　あ！　お母様も誘おう！」

言うが早いかヒューゴ様は、同じ敷地内にある別宅にいるお義母様の下へと行ってしまい、セドリックが「急に行くのは怒られるよ！」と慌てて追いかけて行きました。

「ふふっ、元気ですね」

元気な弟たちの姿はいつ見ても和みます。

「奥様も今日くらいはゆっくり休まれて下さい」

「ええ。……なら、心ゆくまで刺繍をしてもいいですか？　最近はできていなかったので」

「もちろんです」

こちらもエルサの許可が下りたので、私は自室へ戻ろうと踵を返しました。

ですが、私が自室へ戻って、エルサが刺繍の図案本を、アリアナが裁縫箱を用意してくれたところで来客の報せをアーサーさんが告げに来ました。

「お客様、ですか？」

今日は特に約束はしていませんので、急な来客ということになります。アリア様でしょうか、と首を傾げますがアーサーさんが告げた名前に目を丸くします。

「タチアナ王女殿下とポリーナ王女殿下でございます。一時間後にお会いしたいと」

「まあ……何かあったのかしら。すぐに了承のお返事をお願いできますか？　その後、一応、ウィリアム様にも一報をお願いします」

「かしこまりました」

私の返事にアーサーさんが頷き部屋を出て行きます。

先日のお茶会で事件の中心にいた二人ですので、ウィリアム様に報告を入れておくほうがいいはずです。

「エルサ、アリアナ、他のメイドさんにも声を掛けて応接間の仕度を」

「かしこまりました。ですが、私はまずジュリア様にお声掛けして参ります」

「はい、お願いします。私は、ジュリア様がいらしたらお義母様のところに行ってきます」

「分かりました」

エルサが頷くと二人は大急ぎで部屋を出て行きます。

私もお義母様の下へ行くために、鏡で最低限の身支度を自分で整えるのでした。

「いらっしゃい、ませ……」

出迎えた私は、馬車から降りてきたタチアナ様とポリーナ様の姿に目を丸くしました。

タチアナ様は疲れ切った顔をしていて、ポリーナ様は盛大に泣きはらした、いえ、今もまだ鼻をすすって泣いておられました。

「急な来訪にもかかわらず、快く迎えて下さって感謝いたしますわ。リリアーナ様」

タチアナ様の言葉に私は「いえ、またお会いできて嬉しいです」と返しますが、二人の表情に変化はありません。

「とりあえず、応接間へどうぞ」

私はポリーナ様が泣いている理由には触れられず、なんとか二人を応接間に案内します。

お義母様に相談したところ「内密なお話かもしれないからわたくしは同席しませんが、

別室にいますからね」と心強いお返事を頂きました。お義母様が同じ屋敷の中にいるだけでも安心です。

応接間へ入ると、二人は並んでソファへ座り、私も向かいのソファに腰を下ろしました。すぐにエルサがワゴンを押しながらやって来ます。ワゴンの上には紅茶を淹れるための仕度がしてありました。

「先日のこともあり、不安でしょうから、目の前でお茶を淹れさせていただきますね」

私がそう告げるとタチアナ様の眉間に皺が一本寄り、ポリーナ様の目からますます涙が溢れてしまいました。

やっぱり事件のあった屋敷で紅茶を飲むなんて恐ろしかったのかもしれない、と私の顔が青ざめると同時にタチアナ様とポリーナ様が勢いよく立ち上がりました。

「スプリングフィールド侯爵夫人」

「は、はい」

鬼気迫るタチアナ様の雰囲気に私は気おされながら、返事をします。

「申し訳ありませんでした」

「え」

「もうじわけありませぜんでじたぁ！」

「ポ、ポポ、ポリーナ様⁉」

タチアナ様が深々と頭を下げて謝罪をされたかと思えば、なんとポリーナ様がソファの横で膝をついて頭を下げました。

一国の王女様二人に頭を下げられて、私は慌てて立ち上がります。ワゴンの傍にいたエルサやアリアナも部屋の隅に控えていたジュリア様も驚きに目を丸くしています。

「あの、ど、どうされました？」

私が問いかけるとタチアナ様が顔を上げました。

「先日のお茶会の一件、紅茶に細工をしたのは……ポリーナでしたの」

「え？　ポリーナ様が……？」

思わずまた頭を下げたままのポリーナ様に顔を向けます。

「ただ、最初に言っておくと誰かを害そうとしたわけでも、お茶会を台無しにしたかったわけでもないんですの。……あたくし個人へのちょっとした悪戯の予定だったのです」

「悪戯……」

「はい。あの痺れには身に覚えがありましたし、ポリーナは普段、目立つことが苦手な子なのに、真っ先に飲んだのもおかしいと思って、部屋に引きこもったこの子を問いただしたんですの。……ポリーナ、後は自分の口で説明しなさい」

タチアナ様がじろりとポリーナ様を睨み付けました。ポリーナ様がおずおずと顔を上げ、タチアナ様の視線に気付いて肩を跳ねさせました。

「も、申し訳ありませんっ、ひくっ、うぐ、ふっ、わた、わたし、ひっく……！」

泣きすぎと不安とでしゃくりあげるポリーナ様は、言葉を紡ぐことが困難なようでした。

私はエルサに水を貰い、彼女の目の前に膝をついてグラスを差し出します。

「ポリーナ様、大丈夫ですから、ほらお水を飲んで下さいませ。………落ち着いて、そうです、ゆっくりと呼吸をして下さい」

ポリーナ様の背を撫でて、一緒にゆっくりと呼吸をします。するとグラスの水が半分になったところで、ポリーナ様の涙が止まり、呼吸も落ち着きました。

私はグラスをエルサに返し、ポリーナ様の片手を優しく握り締めます。

「大丈夫ですから、ゆっくりとお話し下さいね」

「……ありがとう、ございます……っ」

ポリーナ様はまた滲みそうになった涙をもう片方の手で拭って、決意を固めた表情を浮かべました。眉はへにょんと下がったままでしたが。

「……わたしとタチアナは幼馴染で侍女同士も顔見知りです。後宮のタチアナの部屋にもわたしは、自由に出入りできて、紅茶にあの花を仕込んだのです」

「そうなのですね」

「タチアナは美人だし、少し言葉はきついけど、こうして一緒に来てくれる優しい人でもあります。でも、だから、少し……羨ましくて……っ。わたしの国は、タチアナの国に守られている小さな小さな国です。タチアナは後宮で、私はホテルで……それが羨ましくて、それにタチアナが殿下に選ばれたら、遠くに行ってしまうのが寂しくて、幼い頃のように紅茶に悪戯をしたんです」

理由まではタチアナ様も知らなかったのでしょう。その顔に驚きを浮かべていました。

「あの時、助け舟を出して下さったグラシア様の言う通り、あの悪戯は、兄弟姉妹の間でよくやっていたんです……それに幼い頃はタチアナにしかけたり、逆にしかけられたり……。でも、まさかその紅茶缶を……侯爵家でのお茶会に持って行くなんて、想定外だったんです……！」

「もしかして、それで真っ先に紅茶を飲んで、異変を報せてくれたのですか？」

私の問いかけに、ポリーナ様がこくりと頷きました。

「こ、こんな大きな国の英雄様のお家で、まさかあんな騒ぎになるなんて思っていなくて……っ、も、もうじわけありませんでじたぁ」

折角止まった涙がまた溢れてきてしまいました。私は彼女の手を握り締めたまま、大丈夫ですよ、とその背中をさすります。

「……ポリーナは、臆病なのでなかなか口を割らなかったのですが、騎士団から事情聴取の報せが来ていよいよ怖くなって、ようやく口を割ったんですの」

タチアナ様が呆れ気味に言いました。

「タ、タチアナの紅茶を、台無しにしたのは、わたし、ですが……っ、天と地と国民に誓(ちか)って、誰かを殺そうとしたとか、そういうわけじゃないんでずぅ」

ぼろぼろと泣くポリーナ様の頰にハンカチが当てられて、顔を上げればタチアナ様がやっぱり呆れた顔で幼馴染の涙を拭っていました。

「侯爵夫人、幼馴染として、王女としてあたくしも保証しますわ。この子にはそんな度胸はありません。本当にあたくし個人へのささやかな悪戯だったのです」

「本当なんですっ。わた、わたしの首をはねてもかまいませんから、タチアナや、わ、わたしの家族や国民は、どうか……っ」

どうやら臆病なポリーナ様の思考は極限まで最悪の事態を想定しているようです。

「落ち着いて下さいませ。私は侯爵夫人で、なんの権限もありません。……でも私の夫には、私から今回のことを伝えておきます」

ポリーナ様が言葉を詰(つ)まらせ、怯(おび)えたように私を見上げます。

「安心して下さい。……私のほうから、大事にしないようお願いしておきます」

ありがとうございます、と私に抱き着いてきたポリーナ様の肩越(かたご)しに、なんだかほっとしたような顔をしているタチアナ様がいました。

なんだかんだ言って、タチアナ様は幼馴染であるポリーナ様を見捨てることはできなかったのでしょう。言葉はきつい方ですが、その心は優しい方なのかもしれません。

　本当はまだまだお二人に確認したいことや聞きたいことがあったのですが、ポリーナ様の涙が止まらず、タチアナ様もお疲れのご様子だったので、お二人は帰ることになり、私たちはエントランスへ移動します。

「ううっ、ひっく……ふえぇ」

「いい加減泣き止みなさい」

　タチアナ様がポリーナ様の背をあやすように叩きながら言いましたが、ポリーナ様の涙は止まりません。

「ポリーナ様、素直にお話しして下さって、ありがとうございました。先ほども申し上げましたが、夫に伝える際には私からも一言添えておきます。悪いようにはしませんから、安心してゆっくり休んで下さいね」

　ポリーナ様の目元にはクマがくっきりと出来上がっています。きっと、お茶会の日からろくに眠れていなかったのでしょう。

「タチアナ様もありがとうございました。ゆっくりなさって下さいね」

「感謝するのはこちらですわ。何かあったら、あたくしは侯爵夫人に……リリアーナ様に相談させていただきます」

「まあ、光栄です」

　私が微笑むとタチアナ様も微笑んで下さいました。

ポリーナ様が先に彼女の侍女さんに支えられるようにして馬車に乗り込みます。

「あの、タチアナ様」

馬車に乗る前に私は、彼女を引き留めます。タチアナ様が不思議そうに振り返りました。

「……またお手紙は届きましたか？」

私の問いにタチアナ様は、自分の侍女さんを振り返り馬車のドアを閉めるように指示しました。ポリーナ様に聞こえないようにしたのでしょう。

「文言は同じもので変化はありませんでしたわ。王女様の計らいで全て、騎士団に提出しております。それ以外は警備も強化しましたので、困ったことはありませんわ」

「そうですか」

「例えばの話ですが、あたくしがリリアーナ様の立場だとすれば、あのお茶会での紅茶騒動は、犯人による他の候補者への牽制かと考えます」

思いがけない言葉に私は息を呑みます。

タチアナ様は、静かに私を見つめていました。

「今回の犯人はポリーナでしたので、牽制も何もありませんが……ですが、実際にはあたくしやサーラ姫、フィロメナさんといった有力候補には実害が出ている。一方で、どれも命にかかわるようなものじゃないのが、不可解なんですの」

「不可解、ですか？」

「ええ。あたくしの国はクレアシオン王国には負けますが、大きな国ですし、フォルティス皇国がクレアシオン王国を攻めるに当たっては邪魔な国です。幼い頃から命の危険を感じたことは一度や二度ではありませんわ。だからこそ、今回は、ポリーナの件は除いて、ただ悪戯をしているだけのように感じるんですの。あたくしは有力候補の中でも最も選ばれる可能性が高い位置にいるのですから、一番目障りなはずですのに、犯人はその他大勢と同じ嫌がらせしかしてこない。……ホテルに滞在している方々の侍女同士の争いは除いても、何か不可解なんですの」

　タチアナ様はそう告げて軽く唇を噛みました。

「このささやかな嫌がらせの裏で、何か……もっと、重要で大切な隠したいことがあるのかもしれませんわね」

　その言葉に私は、なんと返せばいいか分からず押し黙ってしまいました。

　タチアナ様は「怖がらせてしまったかしら」と不安そうに私の顔を覗き込んできました。

「いえ、どうお返事すべきか分からなくて……タチアナ様のおっしゃりたいことはなんとなく分かるのですが、うまく言葉にできなくて」

「あたくしも、これはこうだ、と明言できないのがもどかしいんですの。これは、あたくしのこれまでの王女としての勘でしかありませんから。リリアーナ様も相談役としてあたくしたちの近くにいれば、何かあるかもしれませんわ。どうぞ、気を付けて下さいね」

　そう言ってタチアナ様が合図を出すと馬車のドアが開き、タチアナ様が乗り込みます。

「では、お騒がせしましたわ」

「いえ、お気になさらず。何かありましたら、またいつでもいらして下さいね」

「そのお言葉、心強いですわ。次は王太子殿下の好物でも教えて下さいませ。では、ごきげんよう、リリアーナ様」

　そう言ってタチアナ様が微笑むとドアが閉められます。馬車はゆっくりと動き出し、侯爵家の広い庭を進んで門の外へと出て行きました。

「……本当に故意ではありましたが、ただの不運と言えば不運でございましたね」

　馬車が見えなくなるとエルサが隣にやって来てぽつりと零します。

「ええ。……でも今は、ぼーっとしている場合じゃありませんね。ウィリアム様にポリーナ様の件を伝えに行かなければ……それにアリア様にも報告しないといけません」

「折角のお休みですが、致し方ありません。すぐに仕度をいたします」

　エルサが渋々ながら頷いてくれました。エルサは私の体調管理に人一倍敏感な優しい侍女なのです。

「アーサーさん。アリア様とウィリアム様への連絡をお願いしてもいいですか？」

「もちろんでございます。……ですが旦那様は終日、会議の予定ですのでとりあえず時間などは気にせず騎士団に行くのがよろしいかと」

「まあ……でしたら、差し入れを作って持っていきましょう。アリアナ、差し入れの準備を料理長にお願いしてきて下さい」

「はい！　いってきます！」

アリアナが元気よく返事をして厨房へと向かいます。

私は中へ戻り、出かける仕度のために自室へ向かったのでした。

「確かにポリーナ様にはそんな度胸はなさそうね」

紅茶事件の事の顚末を聞いたアリア様が苦笑交じりに言いました。

私はアリア様から運よく時間が空いていて会えるとお返事が来たので、王城に来ています。お約束の時間まで間があったので、騎士団に行ったのですが、やはりウィリアム様には会えませんでした。その代わり、フレデリックさんが出てきて下さったので、彼に差し入れのサンドウィッチと紙にまとめたポリーナ様の告白を渡しました。

「あの時、わたくしはグラシア様が丸く収めてくれたのを利用したの。侯爵家に傷を付けるわけにはいかないもの。ですが、わたくしとしては宣戦布告だと思っていたのです。もっと恐ろしいことを起こしてやる、今度使うのは洒落にならない毒だぞ、という牽制だと……でも、わたくしが手の者を使って、探っても探っても怪しい人が出てこないから不思議だったのだけれど、ポリーナ姫の話を聞いて納得したわ。そもそもが牽制でもなんでもなかったんだもの。まさかグラシア様の言う通りだったなんてね」

「ポリーナ様は後宮のタチアナ様の部屋に自由に出入りしていたようですので、幼馴染であるが故に本人も周囲も警戒心がなかったのかと」

はぁと肩を落としたアリア様に私は苦笑を零します。

「……アリア様、タチアナ様が少し気になることをおっしゃっていたのですが」

アリア様が「気になること？」と小首を傾げます。

「はい。タチアナ様は、ポリーナ様の紅茶事件やホテルの侍女同士の言い争いなどを除いて、今回の嫌がらせや悪戯がささやかだと。有力候補の中でも自分が一番目障りであるはずなのに、命を狙われている気はしないとおっしゃっていたんです」

「ドレスを破損させたり、化粧品を捨てたりは確かに命には関係ないし……それに、脅迫の手紙も不釣り合いだというばかりで、命を脅かす文言はないわね。でも、そうよね。今回の茶葉の件はともかく、脅迫状の犯人は別にいるってことだものね。……正直、候補者の中でも下位候補の誰かが有力候補を妬んでそういった手紙を送っているのかもと思ったのだけれど、騎士団が動いているのに何も掴めないのが不可解よね」

アリア様が深刻そうに目を細めます。

「はい。それでタチアナ様は、こうもおっしゃっていたんです。『このささやかな嫌がらせの裏で、何か……もっと、重要で大切な隠したいことがあるのかもしれませんわね』と」

「隠したいこと……お兄様の妃選びで、隠したいことって何かしら」

アリア様が唇に人差し指を当てて、考え込みます。私もここへ来るまでにあれこれ考えてみたのですが、ややもやするのに、そのもやもやの原因がうまく言葉にできないのです。

「例えば……そう、例えばだけど、妃に選ばれることを切望するふりをしている方もいるのかしら。切望しているように見せて、本当は我が国の機密を狙っているとか？　お兄様に近づいてうまく情報を……無理ね」

「……アルフォンス様は、その辺りはとても敏感そうですものね」

真顔になったアリア様に私も眉を下げます。

アルフォンス様は、とても優れた方です。女性に甘くすり寄られたからと言って、重要なことを話す姿が想像できません。

「お兄様はわたくしをはじめとした家族にさえ、なかなか本心は見せて下さらないのよ。お兄様のことはウィリアムとマリオ、カドックのほうが知っているでしょうね」

そう言ってアリア様は肩を竦めました。

「お兄様は、お父様やお母様の反対を押し切って、戦争に出たわ。本来であれば、王太子ではなく、第二王子であるマリウスお兄様が行くべき場所に自ら行ったの」

アリア様が窓のほうへ顔を向けました。

春の空は穏やかで、どこまでも青く晴れ渡っています。

「……反対するお父様たちにね、お兄様はこう言ったの。『報告書の上でしか戦争を知らず、そこで戦う民の血の色も痛みも知らぬ王子は、その玉座に就いた時、容易く剣を鞘から抜く王になることでしょう。だから私は、戦争に行きます。私は戦に強い王にはなりません。寛大で優しい王になるために』ってね」

きっとそう告げた時のアルフォンス様の空色の眼差しは、どこまでも真っ直ぐだったでしょう。私でさえその姿が容易く思い浮かぶほど、いつだってアルフォンス様は王太子としての責任感に溢れているのです。

「お兄様は、その言葉をずっと守っている。今だって部下や騎士団の協力を得て、各国との関係安定のために奔走しているわ。戦争を起こさないためにね。だからこそ、わたくしはお兄様に任された以上、候補者たちの間の争いごとをなくしたいの。これだって彼女たちにしてみれば、立派な戦争だもの」

そう告げるアリア様の薄紫色の瞳は、どこまでも真っ直ぐでした。

「私も殿下に相談役を任された身として、もっと候補者様に寄り添えるよう頑張ります」

私は小さく拳を握り締めて宣言しました。アリア様は、私を振り返って「頼もしいわ、リリアーナ」と微笑みました。

「……でも、リリアーナは、きっと私より人に寄り添うのが上手よね」

「そう、でしょうか？」

「ええ。あの我が国一、女嫌いのウィリアムを手懐けているんだもの。間違いないわ」

アリア様の言葉に、何故か壁際に控えているアリア様の侍女さんたちも私の侍女も護衛のジュリア様も頷いています。

「タチアナ様だってそうよ。彼女は少し言葉がきついけど、王女としては素晴らしい人だわ。その人が、そういう重要な話をしてくれるってことは貴女は信頼されているということ。リリアーナの何かがタチアナ様の心を動かしたのよ。……だからね、リリアーナ」

「は、はい」

「貴女にお話をしてきてほしい方がいるの。タチアナ様に次ぐ有力候補である、サーラ様とね」

「サーラ様とですか？」

戸惑う私にアリア様が頷きます。

「さっきも言ったけれど、わたくしも手の者を使って探っていると言ったでしょう？　色々と情報は得られているのだけれど、やはり有力候補と呼ばれる人たちは本人も周囲もガードが固いの。でも……その中で飛び抜けて、サーラ様だけはよく分からないの」

私の脳裏に、穏やかに微笑むサーラ様が浮かびます。

「別に彼女を疑っているとかそういうことじゃないけれど、なんとなく人柄が見えてこないのよ。とても礼儀正しくて優しい方なんだけれど……優しい人こそ、不安をため込んでしまうものだから」

まだお茶会で少しお話をしただけのサーラ様と打ち解けられるか自信はありませんが、アルフォンス様の覚悟とアリア様の覚悟のお話を聞いて、私も頑張ると決めたのです。

私は紅茶を一口飲んで、喉を潤して緊張も一緒に飲み込んでしまいます。

「アリア様、私、頑張ります」

「ありがとう、リリアーナ！　貴女ならそう言ってくれると思ったわ。サーラ様に面会のお伺いを立ててきてちょうだい」

アリア様が侍女さんに向かって言えば、侍女さんはすぐに部屋を出て行きます。

「リリアーナ、あのウィリアムを手懐けた貴女なら絶対に大丈夫よ！」

私の夫はアリア様の中で猛獣なのでしょうかとは聞けず、曖昧に微笑んだのでした。


アリア様の侍女さんに案内してもらい、後宮のサーラ様の部屋の前にやって来ました。

我が国の近衛騎士様とは違った制服の騎士様が部屋の前に立っていました。サーラ様が連れてきた母国の騎士様でしょう。

「アリア王女殿下よりお話は伺っております。中へどうぞ」

そう言って騎士様がドアを開けてくれ、私はエルサとアリアナ、ジュリア様と共に中へ入ります。

騎士様の声や視線は、ピリピリとしていました。慣れない土地で大事な方を守っているのだから当然かもしれません。

まず待機の間と呼ばれる小部屋があり、エルサとアリアナはここで待つことになるのでいったん、お別れします。ジュリア様は護衛ですので、一緒に先へ進みます。

「ようこそ、リリアーナ様」

奥の間で、穏やかな微笑みと共にサーラ様が出迎えてくれました。ジュリア様は壁際へと下がります。

どうぞ、と促（うなが）されるまま私はソファに座り、サーラ様が向かいの席に座ると、すぐに侍女さんが紅茶のカップを前に置いてくれました。

「リリアーナ様、先日のお茶会、とても楽しかったですわ」

サーラ様がティーカップを手に取りながら口を開きました。私もそれに倣（なら）ってティーカップを手に取ります。

「こちらへ来てから、ずっと後宮に籠（こ）もりきりで、良（い）い気分転換（てんかん）になりました」

「そう言っていただけて、光栄です。ですが……あのような形で終わってしまったことは、私としても心残りで……」

「しょうがないことです。タチアナ様は不運に見舞われてしまったのでしょう。誰しもにあることです。彼女が自室で飲んでいれば何事もなかったでしょうに、こういうことは大げさになるような場面で発揮されてしまうものですね」

サーラ様は、困ったように微笑んで紅茶を一口、飲みました。

「あの時、わたくしは真っ先にタチアナ様を疑ってしまいました。ですが、リリアーナ様は『そうと決まったわけじゃない』とおっしゃっていました」

「そう、だったでしょうか……あの時は、とにかく驚いていて」

そう告げるとサーラ様は「素直な方ですね」と目を細めました。

「とっさにその言葉が出るということは、貴女の本心だということでしょう。確かにあの状況では、タチアナ様が疑われるのは致し方ありません。ですが、何か完璧な証拠があったわけでもないのに、そうと決め付けるのは王女という立場上、好ましくありませんでした。王女という肩書には少なからず権力が伴います。それの使い方を間違えてはいけないと、幼い頃から教えられてきたのに……リリアーナ様は、流石は騎士の妻です」

「いえ、私は未熟で……あの時ももっと何かできたのではないかと、反省ばかりです」

私は眉を下げて、苦笑を浮かべます。

ウィリアム様には気にするなと言われましたし、タチアナ様とポリーナ様が直接、謝罪と説明に来て下さったおかげで事件性はなしということは分かりました。ですが、やはりずっと、心の中でもやもやと引っかかっているのです。

「リリアーナ様なら、きっと次に生かせます。確かにお茶会は少々慌ただしい終わりになってしまったけれど、申し上げた通り、とても楽しかったのは本当ですから」

そう言ってサーラ様は優しい笑みを零しました。

「ありがとうございます。……相談役なのに私が励ましてもらってしまいましたね」

「わたくしのほうが年上ですもの。年上らしい見せ場を作って下さって、ありがとうございます。リリアーナ様」

柔らかな気遣いは、じんわりと心を温かくしてくれます。サーラ様は、王女という肩書に恥じない素敵な方です。

「リリアーナ様は、素直で真っ直ぐで本当に優しい方ね」

「え、あ、あの、ありがとうございます……」

突然、手放しで褒められて私は、照れが勝って俯いてしまいます。サーラ様が「本当のことですよ」と言うのが聞こえました。

「貴女が開いてくれたお茶会は、隅々まで気配りが見て取れました。わたくしの国で採れた銀で作られた細工を見つけた時はとても嬉しかったんですの」

サーラ様の声がどうしてかだんだんと近づいてきて、隣で衣擦れの音がして驚いて顔を上げます。

「相談役の貴女に……話したいことがあるのです」

声を潜めるサーラ様は先ほどまでとは打って変わって、困ったような顔をしていました。

私は背筋を正して、サーラ様に向き直ります。

「……その、昨夜、わたくしの侍女の一人が倒れましたの」

衝撃的な告白に目を丸くします。

「わたくしは、侍女を五人ほど連れてきました。その内の一人が、昨夜の食事の毒見をして倒れたのです」

「そ、その方は？」

「侍女の中に医療の心得のある者がいて、無事です。今日は休みを与えていて部屋で横になっているはずです。……この城の中の誰が味方か分からない今、侍女の件は秘匿してあります。ですが……リリアーナ様は信用に値する方だと今日、実感いたしました」

膝の上で握り締められたサーラ様の手が震えていることに気付いて、私はその手を包み込むように手を重ねました。少し驚いた様子を見せたサーラ様ですが、すぐに握り返して下さいました。

「話はまだ続くのです。……侍女が倒れたその日も脅迫文が届いて、それには『今回の件、王太子には言うな』と書かれていたのです。どうして王太子殿下『には』なのか、何故言ってはいけないのかが分からないのです。ですが、侍女が倒れたことを知っているということは、悪意を持ってわたくしの食事に毒を仕込んだということです」

　サーラ様がより強く私の手を握り返します。

「リリアーナ様の旦那様は、この国の英雄と呼ばれるほど素晴らしい騎士だと信じて……どうか旦那様に報せて下さいませ。……手紙はここに」

　サーラ様は私の手をほどくとドレスのポケットから四通の手紙を取り出しました。

「他のものは悪戯程度だと思って捨ててしまったので、残っているのは昨日とその前二日分だけ……もう一通は侍女の件の詳細を書いたものです」

「責任を持ってお預かりします」

　私はその手紙を受け取り、ハンカチに包んでスカートのポケットの中に入れました。

「……でも、もしリリアーナ様の身に危険が及びそうになったら、わたくしのことは切り捨てて下さいませ」

「サーラ様、私の旦那様はとても優秀な騎士様なのです。だから、大丈夫です」

　私はできる限りサーラ様が安心できるよう自信満々の表情を意識しました。サーラ様は、ぱちぱちと瞬きを繰り返した後、ふふっと笑って下さいました。

　一拍の間を置いて、サーラ様が目を伏せます。

「……貴女は良い結婚をしたのですね」

小さく、本当に小さく呟かれた言葉に私は首を傾げますが、サーラ様は「なんでもありません」と顔を上げました。

「リリアーナ様、このことは……王太子殿下には知らせないよう、旦那様にお願いして下さいませ。判明しているのは犯人が殿下には知られたくないということだけです。それ故に何をされるか分かりませんから」

「必ずお伝えします」

「ありがとうございます、リリアーナ様」

サーラ様はようやく安心したように微笑んでくれましたが、少しその顔に疲れが滲んでいるように見えました。私の表情でそれに気付いたのか、サーラ様は困ったように眉を下げて立ち上がりました。

「昨夜は寝つきが悪かったのです……。リリアーナ様。折角来て下さったのに申し訳ありませんが、わたくしは少し休ませていただきますね」

「いえ、お気になさらず。ゆっくり休んで下さいませ」

私も立ち上がるとサーラ様は、もう一度、私の手を握り「内密にお願いしますね」と囁きました。私も「必ず」と頷いて返します。

そして、サーラ様に見送られて私は、エルサたちと合流し、彼女の部屋を後にしました。

「奥様、サーラ様となんのお話をされていたのですか？」

廊下を少し進むとジュリア様が尋ねてきます。

ソファに座って話している時は、ひそひそと小声でしたし、背後の壁際にいたジュリア様には手紙をやり取りした手元も見えていなかったはずです。

「個人的なお悩みを聞いていたのです。知らない土地で、色々と不便ですから」

私の返答にジュリア様は「そうですか、出すぎた真似を」と話を切り上げてくれました。きっと私が話せないのだと察してくれたのでしょう。

四人で黙々と廊下を進み、外へ出ると中庭にいるはずのない人の姿がありました。

「……ウィリアム様？」

半信半疑で中庭の池の前にたたずむ背中に声を掛けると、ウィリアム様が振り返り、いつも通り嬉しそうに顔を綻ばせて「リリアーナ！」と私に駆け寄ってきます。

どうやらエルサたちもウィリアム様が何故ここにいるかは分からないようで、驚きをその顔に浮かべていました。

ウィリアム様は、騎士の制服に身を包んでいました。

「どうして、ここに？」

「仕事で国王陛下に用事があってね。帰るところでリリアーナがサーラ姫に会いに行ったと聞いて、急いで来たんだ」

「……もしかして『私を借りたい』というお話ですか？」

ウィリアム様に言われた言葉を思い出して首を傾げます。

「その通り。後宮は特殊な場所で、基本的に男は立ち入り禁止なんだ」

言われてみれば、サーラ様の護衛の騎士様は全員、女性でした。

「だが、私は国を代表する騎士で由緒ある侯爵で既婚で身分が保証されている。そこで、妻を同伴するなら入っていいと許可を貰ってね」

「そうなのですね。そこで私を借りることになるのですね」

「ああ。……お願い、できるだろうか？」

「もちろんです。ですがアリア様の部屋に戻るところでしたので……エルサ、アリアナ、アリア様に説明をお願いできますか？」

私が振り返ると二人が揃って頷きました。

「ジュリア、君はこのままここで待機していてくれ」

ウィリアム様の言葉にジュリア様が頷きます。

私たちはエルサとアリアナを見送り、いつも通りウィリアム様の腕に手を添えて、再び後宮へと戻ります。

「どなたにお会いに……そうでした。ウィリアム様、私からの伝言は受け取っていただけましたか？」

「先ほどフレデリックが届けてくれたよ。アルフォンスにも渡しておいた。追って連絡が来るだろうが……まさかの内容だったよ」

ウィリアム様が苦笑を零します。

「改めて二人には話を聞くが、二人とも事情聴取には快く応じてくれているから、アルフォンスには私からも寛大な措置をとお願いしておくよ」

「ありがとうございます、ウィリアム様はやっぱり頼りになる騎士様です」

私は嬉しい気持ちと安堵で、ウィリアム様に少しだけ身を寄せました。

「ああ……私の妻が今日も世界一可愛い……っ」

何かを噛み締めるように呟く声に顔を向けますが、ウィリアム様は涼しい顔で前を向いていました。どうやら私の空耳だったようです。

「……そういえば、サーラ姫に会ったんだろう？　何もなかったかい？」

ウィリアム様が不意に足を止めて私を見下ろします。

廊下には等間隔に近衛騎士様が配置されていますが、私とウィリアム様がいるのは丁度、その中間地点でした。他には人の姿は見当たりません。

「ウィリアム様、窓の外、小鳥がいます。あの可愛らしい子のお名前が分かりますか？」

私は咄嗟にウィリアム様側の窓の外を指さしました。

ウィリアム様は突然、そんなことを言い出した私に驚くでもなく「ああ、あれは……あれはなんだろうな」と首を傾げながら体の向きを変えて下さいました。

私たちは窓の向こうの中庭を見ながら会話を続けます。

「私はあまり野鳥には詳しくないが、セディなら知っているかもな」

「ふふっ、そうですね。あの子はお庭に来る小さな生き物のことにも興味津々ですから」

和やかな会話を交わしながら私は、ハンカチで包んだサーラ様に託された手紙をウィリアム様のズボンのポケットに入れます。

「ウィリアム様、ちょっとだけお耳を貸して下さいませ」

私は精一杯、甘える妻を演じて上目遣いで、彼の騎士服の袖を摘まんで引っ張ります。

「いくらでも！　私の可愛い妻にはいくらでも貸すとも……！」

ウィリアム様が片手で目元を覆いながら私のほうに体を傾けて下さいました。

「……今のものはサーラ様から預かった、脅迫文が書かれたお手紙です。そして、昨夜、サーラ様の侍女さんの一人が毒見をして倒れたと。詳細は分かりませんが、彼女の侍女さんの中に医療の心得のある方がいて、命に別状はないようです。サーラ様の安全のため、王太子殿下には伝えないようにお願いします。理由は手紙を読めば分かります」

ウィリアム様が僅かに目元を覆っていた手を外し、青い瞳と目が合いました。

「私の可愛いリリアーナ、今度はその貝殻のような愛らしい耳を私に貸してくれ」

甘い笑顔と甘い声で告げられて演技だと分かっているのに、頬が熱くなってしまいます。

赤い頬を隠すように両手で押さえながら、今度は私がウィリアム様に耳を貸します。

「本当にそのようなことが？」

わざともじもじしながら頷きます。

「……タチアナ姫は、そのような話はしていなかったかい？」

これにも頷いて返します。

ウィリアム様が私にしか聞こえないような小さな声で「そうか」とだけ零しました。

ウィリアム様の向こうで近衛騎士様が不思議そうにこちらを見ています。少し長く話しすぎてしまったかもしれません。

「ウィリアム様、そこまで悩まないで下さいませ。後宮で暮らす方々は皆、王太子殿下に相応しい美しさで……貴方の心が奪われないかと心配だっただけなのです」

イチャイチャしているだけに見せなければ、と私は必死に考えてそう言葉を紡ぎました。

ウィリアム様が青い瞳を丸くした後、何故か嬉しそうに笑って私の肩を抱き寄せ、こめかみにキスが落とされました。私の目も丸くなってしまいます。

「ふふっ、私の愛しい妻は君だけだ。そんな心配は不要だから、そろそろ行こうか」

「は、はい、ウィリアム様……」

近衛騎士様の生暖かい視線に気付き、私は頬が火照るのを隠すように俯いて、歩き出します。ウィリアム様の手はちゃっかり私の腰に添えられていました。

私が頬の火照りを持て余している間にサーラ様の部屋の前を通り過ぎ、タチアナ様の部屋の前（護衛の騎士様の制服で分かりました）を通り過ぎて、辿り着いたのは、ここで暮らす最後の一人、ずっと臥せっているタラッタ様のお部屋でした。

サーラ様やタチアナ様の国の騎士様は、我が国の騎士様の制服と似たようなデザインでしたが、タラッタ様を守る護衛の服装は、騎士というより戦士という言葉がぴったりの全く異なるデザインでした。

南にある国のためか、小麦色の肌に黒い髪の女性たちは、腰に独特な形の剣を下げ、右手には槍を持っていました。

「アリア様から聞いていマス。どうぞ、お入りくださサイ」

少し訛りがあるクレアシオン語で護衛様が告げ、ドアを開けてくれました。私たちは促されるまま中へと入ります。

待機の間を通り過ぎ、奥の間へ入るとそこにいたのは侍女と思われる少女でした。

護衛様と同じ小麦色の肌に彼女の髪は濃い茶色でしたが、小柄で十三歳くらいに見えます。

「初めまして、スプリングフィールド侯爵様、侯爵夫人様。侍女のライラです」

ライラさんは、流ちょうなクレアシオン語で挨拶をしてくれ、私たちも挨拶を返します。

「タラッタ姫のお見舞いに参りました。お加減はいかがですか？」

ウィリアム様が尋ねます。

「そちらに腰かけて、少々、お待ち下さいませ」

そう言ってライラさんはソファを手で示すと、更に奥の寝室へと行ってしまいました。タラッタ様に私たちの来訪を報せに行ったのかもしれません。

「お加減、よろしくないのでしょうか……」

私はウィリアム様と並んでソファに座ります。

他の候補者様と違って、タラッタ様はあまり人を連れてこなかったのか、この部屋には私とウィリアム様しかいませんでした。

部屋の中は少しだけ不思議な香りがします。異国情緒を感じる甘くスパイシーな香りで、部屋の前にいた護衛様からも似たようないい香りがしていました。そういう香水を愛用しているのかもしれません。

「……御殿医たちは、毒の可能性は限りなく低いと言っているが」

ウィリアム様の眉間に皺が刻まれます。

「先ほど聞いたサーラ姫の件も気になるし、私は何かしらの作為があると考えているんだ」

「悪意を持った誰かの犯行だと考えておられるのですね。……先ほどもお話しした通り、タチアナ様は何も言ってはいませんでしたが、命を狙われている気はしない、と。ささやかな嫌がらせのようなもので、それが目を惑わせているのではと言っていたのです」

「何か別に……目的があると？」

「そのように考えているようでしたが、タチアナ様もその何かまでは分からないようで」

ウィリアム様が、ふむ、と零して顎を撫でます。

私もウィリアム様に倣って考えてみます。

有力候補と呼ばれる人々の中で限ったことで言えば、二番手に位置するサーラ様と三番手のタラッタ様が失脚したとして、最も利益が出るのは一番手のタチアナ様か四番手のフィロメナ様でしょう。

ですが、タチアナ様は自分が悪いと分かれば、潔く謝れる心の持ち主で、なんだかこんなことをするとは思えませんでした。

では、四番手のフィロメナ様はどうでしょうか。フィロメナ様は、王女という立場ではなく商人の娘でありながら、有力候補と呼ばれるだけの実力があります。彼女とはお茶会で少し話しただけですが、理知的で冷静で自分自身の置かれた状況をきちんと把握しているように思えました。ですが、その人柄も深くまでは分かりません。どこかで彼女ともきちんとお話しできればいいのですが。

とはいえ、候補者様は他にも十六名いますから、私だけではお話をして回るのは、不可能と言えるでしょう。

「……グラシア姫は、どういう意図を持って、タチアナ姫を庇ったのだろうか」

ぽつりとウィリアム様が呟きます。

「意図……」

「ああ。報告書を貰うまで、グラシア姫が犯人ではないかとも思っていたんだ」

「グラシア様が、ですか？」

「グラシア姫が、タチアナ姫の紅茶に毒草を仕込んで、そこで仲裁することで自分が目立つように仕向けたのではないか、と。毒草に詳しいのも違和感があってな」

「グラシア様はそんなことをするような方ではない印象でしたが……」

「疑わなければならないのが、私たちの仕事だからね。ただ、舞踏会でのワイン事件があっただろう？　あそこでアルフォンスが庇ってくれた女性に好印象を抱いたのが話題になって、令嬢探しは過熱しているから、自分があの時の女性だと印象付ける目的もあったのかな、と。あの女性は確かに公平で寛容な人だったからね」

ウィリアム様の説明に私は「確かに……」と頷きます。

「それにやはり、毒草に詳しいのが気にかかる。グラシア姫の国は養蚕と綿花の栽培、それらの加工が主な産業だからかもしれないが……ただ」

「ただ、どうされたのですか？」

言い淀んだウィリアム様に首を傾げます。

「どうしてかグラシア姫のことは、アルフォンスが自ら調べると言い出して」

「……アルフ様が？」

「ああ。アルフォンス（王太子）が気になると言うものだから、私も余計に気にかかってな」

　少しお話をしただけですが、グラシア様が毒を仕込むなんてことをするようには思えませんでした。それにあまり結婚にも興味がなさそうな様子でした。

　ですが、アルフォンス様が目を付けるということは、あれもやっぱり本音と建て前というものなのかもしれません。何が嘘で何が本当なのかを見極めるのはとても難しいことなのだと実感します。

「リリアーナ」

　思考にふけっていた私は、ウィリアム様に呼ばれて慌てて顔を上げます。苦笑を零したウィリアム様が、ぽんぽんと私の頭を撫でました。

「不安にさせてしまったかい？」

「いえ、私も候補者様たちのことを考えていて、まだお茶会で少しお話をしただけなので、どこかできちんとお話ができればと」

　私の返事にウィリアム様が口を開いたところでドアの開く音がして、振り返ります。

　ライラさんは一言も喋らず後ろ手にドアノブを握り締めて、俯いています。

「どうかしたのかい？」

ウィリアム様が声を掛けますが、ライラ様は一言も発しません。

私たちは顔を見合わせ、ただならぬ雰囲気に立ち上がり、彼女の下へと急ぎます。

「ライラさん？」

今度は私が声を掛けます。

アリアナと同じくらいの背格好のライラさんは、やはり顔を上げません。唇が白くなるまで噛み締めているのが見て取れてもう一度、声を掛けます。

「ライラさん。タラッタ様に何かあったのですか？」

「………です」

あまりに小さな声に最後しか聞こえず、私は近寄ってその顔を覗き込もうとしましたが、それより早くライラさんが顔を上げました。

ぼろぼろと大粒の涙が彼女の頬を濡らしていて、私もウィリアム様も目を丸くします。

「も、もう……三日も、姫様が、め、目覚め、目覚めなくて……っ！」

予想だにしなかった告白に私は息を呑みました。

「まさか……そんな報告は入っていないが？」

ウィリアム様が驚きと共に問いかけます。私はふと我に返り、ライラさんの隣に立ってその肩を抱き寄せて、腕をさすります。

「い、医者たちは、毒じゃないと……でもなんの病気かも分からないと、お手上げ状態で……！　絶対に何か、この部屋かこの城に原因があるはずなのです……！」

ウィリアム様が「どうして、そう思う？」と問いを重ねます。

「姫様は、我が一族きっての戦士で、毒だって耐性がありますし、体力だって男性に負けないくらいにあります……！　でもこの城に来た日から、体調を崩されて……どんな薬も効かないのです……っ！　私たちには原因が分からなくて」

ぼろぼろと零れる涙にウィリアム様がハンカチを差し出しますが、ライラさんはそれを受け取る気力さえ残っていないようでした。私が受け取って彼女の頬の涙を拭います。

「……も、もう何を信じればいいか分からないのです……っ。姫様はこの国でなすべきことがあると言っていました。それは一族のため、国のためだと……それに姫様は、戦争を阻止し続ける王太子様や英雄様を信頼しておりました……！　だから、どうか、どうか、英雄様、姫様を助けて下さい……っ」

とうとうライラさんが泣き崩れてしまい、私も一緒に床に膝をつきます。わんわんと子どものように泣くライラさんを抱き締めると、縋るように抱き着いてきて、その背をあやすように撫でます。

ウィリアム様が、ライラさんの前に片膝をつきます。

「私もこの国を守ることに心血を注いでいる。……原因が分からない以上、確実なことは約束できないが、環境が変われば、この部屋に原因があったと分かるかもしれない。

……我が家でよければ、タラッタ姫を匿おう」

ライラさんは驚きで涙が止まったのか、唖然とした顔でウィリアム様を見上げました。

「た、助けて下さるのですか……？　誰が何の目的か分からない以上、侯爵様に……夫人に、危険が及ぶやもしれないのに……」

「仲間内では我が家は王城より安全だと評判なんだ。それにタラッタ姫に何かあれば、それこそ君たちのイトゥカ首長国と戦争になる。タラッタ姫が私を戦争を阻止する英雄だと言ってくれるのならば、それに応えなければね」

そう言ってウィリアム様は穏やかに微笑みました。

ライラさんの目から再びぼろぼろと涙が零れます。

「ありがとう、ございます、ありがとうございます……っ」

「お礼を言ってもらえるような立場じゃないよ。でも、それには今すぐ動かなければ……ライラ、他に侍女は？」

ライラさんは首を横に振ります。

「私と表にいた護衛のマリアムとゼフラだけです。姫様はそのほうが身軽だからといつもどこへ行くにも、護衛は二人、侍女は一人と決めておられるのです……」

「そうか……。では、私と妻は一度、後宮を出る。私はここでは自由に動けないのでな。その後、マリエッタという女性騎士に扮した男が来る」

「女性騎士に扮した、男？」

「ああ。私の部下で、秘密裏に動くのが得意な奴だ。合言葉を使うので、それを説明する。護衛も呼んできてくれ」

「分かりました」

ライラさんが鼻をすすりながらも涙を拭って立ち上がり、入り口へと向かいます。

「リリアーナ、後宮を出たら屋敷へ戻って、家の者に報せて受け入れの仕度を。アリア殿下には私から伝えておく。今回は極秘で動くため、君が直接、家の者に伝えてくれ。アーサーに言えばなんとかなる」

「お義母様とお義父様には？」

「両親にも伝えておいてくれ。あの二人は経験が豊富だし、父上は元近衛騎士だ。より状況を理解してくれるだろう」

「分かりました」

私が頷くと同時にライラさんがマリアムさんとゼフラさんを連れて戻ってきました。

「ライラ、今すぐに最低限、必要なものをまとめておいてくれ。影武者を立てるので、生活感が残っているように頼む」

ライラさんがしっかりと頷いて、慌てて寝室へと戻っていきます。

「マリアム、ゼフラ。この後、そうだな……二時間後に私の部下であるマリエッタという女性騎士に扮した男が来る」

「ライラから聞きまシタ」

「姫様、を助けてくれル。本当ですカ」

「できる限りのことはするつもりだ。二人はクレアシオン語は読めるか？」

二人が揃って頷く。

「誰か、紙とペンはあるか？」

「ウィリアム様、私が持っています」

私はドレスのスカートの中の秘密のポケットから小さな手帳と小さなペンを取り出してウィリアム様に渡します。

「すごいな。どうなってるんだ？」

「淑女(しゅくじょ)の秘密です。でも、ドレスは案外、色々と隠せて便利なのですよ」

私はふふっと笑って返します。ウィリアム様は、すごいな、と呟きながら、手帳に顔を戻しました。彼の手には小さすぎるペンは使いづらそうでしたが、文字を綴(つづ)り、ページを破り取って二人に見せました。きっとマリエッタ様が来た時の合言葉が書かれているのでしょう。ゼフラさんが、すぐにお皿の上でそれを燃やしてしまいました。

「では、私たちは一度、戻る」

私たちは二人と共に部屋の外へ向かいます。廊下へ出る直前、マリアムさんとゼフラさんに「どうかよろしくお願いしマス」と頭を下げられました。ウィリアム様が「分かった」と応え、私たちはタラッタ様の部屋を後にし、後宮を出てジュリア様と戻ってきていたエルサとアリアナとも合流しました。

そして、私たちとウィリアム様はそこで別れて、それぞれの任務を全うすべく動き出したのでした。

幕間一 グラシア姫の町歩き

私――グラシアは、今日も今日とてこの国の庶民の服を着て町を歩いていた。

私の愛する祖国は、このクレアシオン王国に比べれば、猫の額ほどの小さな小さな国だ。内陸に位置し山々に囲まれた自然豊かな土地で、綿花と養蚕による生産が主な産業だ。

一応、王政で貴族もいるが、この国のように煌びやかな世界が広がっているわけではない。小さな国の小さな王家であるからして、国民との間の垣根は低い。王である父も自分の畑を自分で耕すし、王妃である母は綿花や絹糸を加工するし、兄弟姉妹も似たようなので、貴族たちでさえ自分の畑（主に蚕のエサとなる桑の畑）を持っているほどだ。

私も忙しい時期は、国民の手伝いを買って出て、畑で綿花や桑の葉を収穫したり、絹糸の加工を手伝ったりと忙しい。きっとこの国の王族や貴族が聞けば、驚きの生活だろう。

でも、国民は私たちを王族として大事にしてくれる。貴族たちも小さな領地を大切に守り、私たちを支えてくれている。そんな母国が私は大好きだった。

なのに突然、西側で一番の大国であるクレアシオン王国から王太子殿下の妃候補として招待があり、私は渋々、ここへやって来た。

私には姉と妹がいるが、姉は既に嫁に行っていて、妹はまだ十一歳と幼かった。そのため、結婚適齢期ギリギリの二十二歳である私が来るしかなかったのだ。

春は農作業が忙しいのでお断りの返事をと父に頼んだが、父は「クレアシオン王国を敵に回すわけにはいかん」とすっかり及び腰で了承の返事をさっさと出してしまった。

こんな大国の王子が、妃としてなんの利点もない姫を選ぶわけもない。私は一生に一度の贅沢旅行と割り切って、侍女に調達してもらったこの庶民服で観光にいそしんでいた。

「でもまさか、こーんなことになるなんて」

私の肩にかけられたカバンには侍女の制服が入っている。先ほどまでこれを着て、王城の候補者たちの社交場へ行っていたのだ。

私は選ばれるわけもないと王太子に興味もないのだが、そうもいかないのが有力候補ではないものの、諦めきれない国のお姫様たちだ。

表面上、彼女たちは気品ある淑女として振る舞っているが、その心の内の野心は計り知れないものがあると感じている。

私はあまりに国が小さすぎて彼女たちの眼中には入っていないようだが、それなりの大きさの国や美しいと評判のお姫様たちは、ドレスが破られたり、化粧品が捨てられたり、挙句の果てには脅迫の手紙も届いているらしい。

それ以外にもホテルでは、侍女たちが小競り合いをしているのを何度か見かけている。

主人を想うが故の行動とはいえ、あまり褒められたものではないのは確かだ。

「お好きにどうぞとは思うけれど、卑怯なのは許せないし……リリアーナ様は優しい方だから力になってあげたいし」

まるで自分に言い訳をするように呟きながら、ホテルに向けて足を進める。

私たち候補者の相談役の一人であるリリアーナ様は、私が今まで見てきた中で、一番美しい人だ。流石は英雄が捕まえた女神様と国内外でもてはやされるだけはある。

一昨日のお茶会では、一人一人に「困っていることはありませんか？」と気にかけてくれ、私にでさえ「いつぞやは手袋を注文させていただきました。とても質の良い絹の手袋は、我が家の女性使用人に好評なのですよ」と声を掛けてくれた。昨年の夏にこの国の港町にヴェルチュ王国が出している直営店で、スプリングフィールド侯爵が大量に女性向けの絹手袋を買ってくれたのは記憶に新しい。

候補者、一人一人を気遣い、名前も顔も一致させていてそれとなく相応しい話題を振ってくれるリリアーナ様は、まごうことなく貴婦人だ。

それに淡い金の髪に透き通るような白い肌。長いまつ毛に縁どられた星の光を閉じ込めたかのような瞳。彼女を構成するものは、どれをとっても綺麗だ。

きっと、こんな格好で町を歩く私よりお姫様が相応しい高貴な人なのに、ネックレスが切れた時は拾ってくれた庶民にも丁寧にお礼を言っていた。

私はスカートのポケットを上から撫でる。ここには、あの日、リリアーナ様から貰った真珠がハンカチに包まれて入っている。

心からお礼を言って、貴女と縁を結んだ記念にと、手のひらにのせられた真珠に添えられた柔らかい言葉は私を素直にさせてくれた。

そんな優しいリリアーナ様だからこそ困っているのを見過ごせず、一昨日の茶会でも少々出張ってしまった。目立たないように心がけていたが、彼女の力になりたかったのだ。

「侯爵家のメイドさんとか、全員、口を揃えて素晴らしい主ですって言うんだろうなぁ」

侍女の扮装をして潜り込んだ王城は、王太子殿下に選ばれたいと強く願っているお姫様たちが集まっていて、絶え間なくバチバチと火花が散っていた。嫌味の応酬にマウント合戦、なんだかいるだけで辟易してしまった。

そこで控室や会場の片隅で主を待つ侍女たちにあれこれ聞いて回ったが、心から主を慕う者もいれば、表面上は忠実なだけの者もいた。あるいは、愛情が深すぎて主人の意思に反して暴走気味だと感じる者もいた。

「お嬢さん、危ないよ」

突然、ぐいっと腕を引かれて足を止める。

思わず振り返れば、茶髪に眼鏡の男性騎士が私の足元を指さしていた。その先を追えば、すぐ横のカフェの看板があった。あのまま歩いていたら間違いなく足を取られて盛大に転んでいただろう。

「す、すみません。ありがとうございます」

騎士は「市民を守るのが仕事だからね」と人懐こい笑みを浮かべた。

大きな国だけあって、騎士団も立派だ。町を行く騎士も皆、凛々しい印象だった。

「なんだかお嬢さん、ぼうっとしていて放っておけないな。よければ目的地までエスコートさせてもらえるかな？」

大丈夫です、と慌てて断るが騎士は「いいからいいから」と意に介さず歩き出し、私もとっさに歩き出してしまう。

「お嬢さんはどちらへ？」

「あー、えーっと、その、ホテル・ヴュー・ボヌールで働いているのでそちらに」

「ああ、少し距離があるけれど……」

「足腰はしっかりしているので」

騎士は「そうかい？」と可笑しそうに笑った。

「ヴュー・ボヌールと言えば、今は王太子のあれこれで貸し切りになっているんだよね。お姫様たちをもてなすのは大変だろう？」

「いえ、皆、それぞれの侍女がいますから」

今回の王太子の妃選びは、市民の間でも話題になっている。私も観光中、店先などで何度、その話を振られたか分からないほどだ。

「王様も物好きだよねぇ。各国からお姫様たちを集めて、息子に選ばせるなんてさ」

「それは、まあ、そうかもしれませんね。でも、王族としては妃を得て、子どもをもうけるのが義務なのだから、真面目に取り組んだほうがいいと思いますけどね」

「……王太子、真面目じゃないの？」

「そうですねぇ。あまり乗り気ではないのがひしひしと伝わってきていますよ。だからお姫様たちもその気を引こうと必死になりすぎてしまうのかも」

正直、私はアルフォンス殿下にはあまり良い印象はなかった。王太子としては優秀なのだろうし、何事もそつなくこなす人だろうというのは挨拶を交わしただけでも分かる。

だが、今回のことをどこか他人事のように捉えているとも感じるのは事実だった。

基本的に全くと言っていいほど、候補者たちと交流がないのだ。後宮組ですら会えないらしいので、妃を選ぶ気がないのかもしれないと噂が立つほどだ。

「なるほどねぇ。ところで君は結婚とかその相手に条件とかある？」

「……信念のある人がいいとは思います。それで、私の大事なものを一緒に大事にしてくれるような人がいいですね。……って、なんですか、いきなり」

「ふむふむ。いやね、僕もいい歳だから仕事ばっかかしてないで結婚しろって親がうるさくてさ。でも結婚ってものが今一つイメージできなくてね。君はどういうものだと思う？」

騎士は困ったように眉を下げた。

なんとなくどこかで会ったことがあるような気がして、記憶のページをめくる。

「あ！　貴方、あの時の騎士？　ほら先日、スプリングフィールド侯爵夫人のネックレスが切れてしまった時に居合わせた……」

騎士は「よく覚えているねぇ」と笑った。

「彼女の旦那様は、僕の上司でね。挨拶をしていたんだよ」

確かリリアーナ様の夫であるスプリングフィールド侯爵様は、この王都を守る騎士団の師団長を務めているはずなので、上司には違いない。その夫人と挨拶ができる間柄なら、彼も貴族なのだろう。

「あの時は君のおかげで、侯爵夫人のネックレスも無事だったし、今日、なんとなく君を見かけたらぶつかりそうで声を掛けたんだ。覚えてくれているとは思わなかったけど」

「貴方だって覚えていたじゃないですか」

「僕は職業柄、人の顔を覚えるのは得意だからね」

騎士は、ふふんと胸を張った。掴み所がないが、なんだか面白い人だ。

「それでさっきの質問だけど、結婚について聞かせてよ」

騎士はよほど、その話が聞きたいのか強引に話を戻した。

「結婚……お互いの大事なものを対等に大事にできたら理想的ですね」

「対等、に？」

「ええ。対等に……何かをしてもらってばかりの関係は、いつか疲れちゃいますからね。夫婦こそ、対等であるべきだと思っています」

「……対等……なるほどねぇ。確かに大切かもしれないね」

うんうんと騎士は頷く。

「そうなってくると、我が国の殿下はどうだろう」

「庶民である私は会うこともない人なのでなんとも言えませんが……でも、市井の人々は皆、殿下を大事にしているようですから、悪い人ではないんじゃないですか？」

国民を見れば、その国を統治する者がどういう人間か分かると私は思っている。

クレアシオン王国は豊かな国で、国民たちは活気に満ち溢れている。王家に対して絶大な信頼を寄せているのが、よそ者である私にも伝わってくるほどだ。

「彼はきっと国民の大事なものを大事にできる王様に、なるんでしょうね」

「うん、やっぱりいいね」

突然、騎士がそう告げて満足そうに笑った。

わけが分からず私は首を傾げる。

「ふふっ、個人的なことだから気にしないで。ほら、着いたよ」

気が付けば、ホテルの裏口にいて驚く。エスコートがうまいのか、どこをどう歩いてきたかはっきりしないのに、きっちり目的地に着いている。

「ありがとう、騎士さん」

「どういたしまして、お嬢さん。それじゃあ、またね」

そう言って騎士はひらひらと手を振ると去って行く。

なんで「またね」なのだろうと首を傾げるも騎士の姿はあっという間に見えなくなる。

だが、偶然とはいえ再び会ったのだから、またね、もありうるのかもしれない。

ふと太陽が随分と傾いていることに気付く。

「いけない、流石に外にいすぎたわ」

私の侍女は放任主義だけれど、あまりに遅くなれば当たり前のように怒られる。

私は周囲に誰もいないのを確認し、こっそり、しかし急ぎながら中へと入る。

でも、早足で戻った自室で思いがけない人物が待っていて、私の運命は大きく動き出すのだった。

第三章　王太子殿下の求婚

月が皓々と輝く深夜、タラッタ様は侯爵家に到着しました。

タラッタ様は客間に運ばれて、モーガン先生の診察を受けています。

未知の病気の可能性もあるため、お義母様とお義父様によって体の弱い私は面会を許されず、そのお姿を見ることは叶いませんでしたが、一日も早く目を覚まして下さることを祈るばかりです。

「ごめんなさい、こんな遅い時間に」

私の正面の席でアリア様が眉を下げました。その隣には、困り顔のグラシア様がいます。

お二人がやって来たのは、タラッタ様が到着して間もなくのことでした。

「いえ、何か大事なことがあったのでしょう？　夫ももうすぐ帰って来るそうですので」

私がそう告げるのと同時に騎士の制服姿のウィリアム様が応接間へとやって来ました。

「殿下、勝手に城を抜け出すのはおやめ下さい」

開口一番、苦言を呈したウィリアム様にアリア様が眉を寄せました。

「とても重要な情報を一秒でも早く貴方に届けようと思ったんですわ」

「でしたら護衛をきちんと連れて、正当な手続きを踏んで下さい。貴女がいないことを国王陛下ご夫妻に内緒にしたことは、貸しですから」

ウィリアム様が負けじと言い返し、私の隣に座りました。アリア様は眉を寄せたまま、ウィリアム様を睨んでいますが、ウィリアム様はどこ吹く風です。

「お二人とも落ち着いて下さいませ、ほらエルサがローズティーを淹れてくれましたよ。この薔薇の香りは心を落ち着かせてくれるのです」

私はそう言って二人にハーブティーをすすめます。

ほっと表情を緩めたウィリアム様に私は安堵に胸を撫で下ろします。

「それで……どうして王女殿下とグラシア姫がここに？」

カップをテーブルに戻し、ウィリアム様が問いかけます。

「王城でね、面白いことをしていたからホテルで待ち伏せして連れてきたの」

アリア様の言葉に私とウィリアム様は揃って首を傾げます。

騎士様に連行されてきたのではないので、悪いことをしていたわけではないのでしょうが、王城でする面白いこととはなんでしょう。

「現在、王城は一部の区画を候補者たちが自由に出入りできるでしょう？　毎日、誰かしらそこにいるわ。有力候補と呼ばれる方たちも割といるわね。やっぱり王女同士の交流も大事だから。そこにいたのよ、グラシア様は」

「グラシア姫も候補者ですから当然では？」

「ええ、姫としていたならね。彼女、侍女としてそこにいたのよ」

思わず視線をグラシア様へ向けると、緑の瞳は気まずそうにふいっと逸らされました。

「何故、そのようなことを？」

ウィリアム様が尋ねます。

グラシア様は少し迷ってから、覚悟を決めた顔で口を開きました。

「私は父がクレアシオン王国という大きな国に否は言えず、勝手に了承の返事をして、約束を反故にするわけにもいかず来たもので、王太子殿下にも興味はありません」

あまりにあけすけな告白に、私もウィリアム様も「はぁ」となんとも曖昧なお返事しかできませんでした。

「……でも、卑怯なことが大嫌いなんです。王太子殿下に選ばれたいなら、選ばれる努力をすればいいだけです。なのにどうして、わざわざ嫌がらせなんてするんだろうと思って……それにリリアーナ様の力になりたいと思ったのです」

「私の、ですか？」

グラシア様は、ポケットからシルクのハンカチを取り出して、開きました。

そこには小さな真珠が一粒ありました。それはあの町へ出た日、不運にも突然切れてしまったネックレスを集めるのに協力してくれた女性に渡したものです。

「……やはり、あの時の方はグラシア様だったのですね」

私の言葉に今度は、グラシア様が驚きをあらわにします。

「き、気付いていたんですか？」

「お茶会でタチアナ様を庇って下さった時、優しく凛としているところは同じでしたし、そのチョコレート色の綺麗な髪もあの日の女性と同じだったので、既視感を覚えていたんです」

「……ということは、候補者ならば出入り自由な王城にいたのはともかく、庶民の格好でグラシア姫は町に出ておられたということですか？　私のところには一度もグラシア姫の王城以外への外出許可は届いておりませんが？」

ウィリアム様がにこやかに微笑んで首を傾げました。私の前では早々怒ることのない夫ですので、にこやかながら引きつるこめかみにそっと手を伸ばします。

「ウィリアム様、髪に糸くずが……お仕事、お疲れ様です。グラシア様は、私のためを想って行動して下さったんです。それに次からはきっと外出許可を届け出てくれるはずです。ね、グラシア様」

糸くずなんてついていませんでしたが、それを取るフリをしてウィリアム様の髪を撫でました。グラシア様は私の言葉に勢いよくうんうんと頷いています。

「……まあ、確かに。グラシア姫がいなかったら君はネックレスをなくしてしまったことに落ち込んでいただろうし……。グラシア姫、今夜までは許しますが、明日以降は必ず外出許可を。貴女の身に何かあれば、我々が責任を負うことになるのです」

「分かりました。軽率でした、申し訳ありません」

　グラシア様は真摯に謝って下さいました。

「……やっぱりリリアーナは猛獣使いだわ」

　アリア様が何か言ったように聞こえましたが、気のせいでしょうか。

「さ、それより本題に入りましょう。グラシア様がもたらしてくれた情報はかなり衝撃的だったのだから」

　アリア様の言葉に私たちは身を引き締めます。

　ウィリアム様の手元にフレデリックさんが紙とペンを用意すると、ウィリアム様に促されグラシア様が口を開きます。

「私は姫様たちについて、侍女や護衛といった身の回りの人々を重点的に調べたのです」

　グラシア様の説明の合間にウィリアム様がペンを走らせる音が聞こえます。

「ですが、タラッタ様関連のお話は聞けていません。私は後宮に入れないので」

　後宮は候補者であっても基本は入れません。ポリーナ様のように後宮に住むタチアナ様本人から許可があれば別ですが。

「まずタチアナ様。彼女は言葉がきついので、候補者の間でも煙たがる方もいるのですが、侍女や護衛は彼女を大切にしていますし、彼女自身は人柄に裏表があるわけではありません。国の内情も私たちが知っている通りの豊かさを保っているようです」

「なるほど……では問題はサーラ姫とフィロメナ嬢ということだろうか？」

ウィリアム様の指摘にグラシア様は真剣な顔で頷きます。

「彼女たちも人柄自体は相違はありません。サーラ様の侍女や護衛は口を揃えて『心優しく思慮深い素晴らしい姫様』と言っていましたし、フィロメナ様の侍女は『商売人気質が強すぎます。立派なお嬢様ですのに』と苦言を呈していましたが、それも愛情の内と感じました。ですが国や商会の内情は、大分、異なっているようです。……フィロメナ様はクレアシオン王国よりいくつかの国を越えた先の東部一帯の物流を牛耳っていると言われるアボット商会会頭の娘です。ですが、アボット商会は昨年の夏から秋にかけて、酷い嵐に見舞われ、商品にも人にも被害があり、過去最悪の損失を出してしまい、商会は損失を補塡し、再起するためにも躍起になっているそうです」

「我々にはそのような情報は入ってきていないな。かなりの利益を出しているとしか。だが、商会というものを存続させるには他の商会にそういったことを知られるわけにもいかないし、極秘事項なのだろうな」

ウィリアム様が顎を撫でながら言いました。

「では、サーラ様の国はどう違うのですか？」

「サーラ様の国は鉱山で採れる貴金属とその加工を主な生産物としています。ですが……金脈が途絶えて、金がほとんど採れなくなったらしいのです。エルヴァスティ国は、クレアシオン王国の北に位置していて、冬が長く作物があまり育たない地です。故に豊富な金を糧に他国から作物の買い付けをしているそうですから……それができないとなると」

「かなり厳しいだろう。……確か、昨年は冷夏で小麦が大打撃を受けていたはずだ」

「はい。……この情報は、その、少々町へ出た時に」

グラシア様が言いづらそうに、ちらちらとウィリアム様を見ます。ウィリアム様は「聞かなかったことにしますから」と苦笑いと共に先を促しました。グラシア様がお礼を言って先を続けます。

「サーラ様の周辺は皆、一様に口が堅く、国に関しての情報は得られなかったんです。ですが町へ出た際にエルヴァスティ国出身の人とお話しする機会がありまして、彼は市場に参加して、祖国で鍛えた金属加工の腕でアクセサリーなどを作っているそうです」

グラシア様が再びメモをウィリアム様に渡します。

「彼曰く、三年ほど前から金の採掘に暗雲が垂れ込め始め、徐々に国民も逃げ出しているとかで、彼も妻子を連れて一年ほど前にクレアシオン王国に移住してきたそうです」

「そうですか……国民の流出が始まっているなら事態は予想以上に深刻だ。必死に隠してきたのだろうが……フレデリック」

ウィリアム様の呼びかけにすぐさまフレデリックさんが傍へとやって来ます。ウィリアム様が何事かを彼に耳打ちします。フレデリックさんは頷き、応接間を出て行きました。

「グラシア姫、では有力候補に今一つ届かない国々の候補者たちは？」

「様々です。なんとかのし上がろうとしている方もいれば、諦めている方もいます。正直、サーラ様とフィロメナ嬢の事情を聞いて、この二人が何かをしているかと思ったのですが……タチアナ様を蹴落としてまでのし上がろうという勢いを二人からは感じられず」

「サーラ様は後宮の使用人たちも口を揃えて『心優しい人です』って言うのよ。フィロメナ嬢は候補者たちへの商売に熱心だし、王城へ来てもずっと商売の話をしているわ」

アリア様の眉が下がってしまっています。

「だが、商売人という立場であれば、他国の重要な情報を狙っている可能性も否めない」

そう告げるウィリアム様は険しい顔をしていました。

「一体、誰が脅迫状を出しているのかしら」

アリア様の言葉にウィリアム様が「確かに」と頷きます。

「下位の候補者たちの中にいるのかもしれないが……。しかし、私の個人的な判断ですがサーラ姫とフィロメナ嬢の身の潔白は安易に証明できないでしょう。自分にもそれを送ることで、被害者の皮を被って隠れているだけかもしれませんから」

「それは……そうね」

アリア様が複雑そうに目を伏せました。

「……とにかく情報を集めなければなりません」

ウィリアム様がそう告げました。

「わたくしたちも。わたくしたちの世界で集められる情報を集めますわ」

アリア様が胸を張ります。

「光栄です、王女殿下。ですが無茶は不要です」

アリア様の頬がひくひくしています。

「さて、殿下、グラシア姫。今夜はお二人の安全のためにも我が家に泊まっていって下さい。……殿下は明日の朝、私が直々に城にお送りしますのでご安心下さいね」

爽やかな笑顔で付け足された言葉にアリア様がまたも頬を引きつらせながら「ありがとう、気が利くのね」と返されました。

「では今夜はゆっくりお休み下さい。リリアーナ、私は騎士団へ戻るよ。部屋の前で見送ってくれ」

そう言ってウィリアム様が立ち上がり、私も席を立ちます。アリア様とグラシア様に会釈をして部屋を出て行くウィリアム様を追いかけます。

部屋を出てドアが閉まるとすぐにウィリアム様に抱き締められました。

「はぁぁ、これからまた忙しくなって帰ってこられなくなるので補充させてくれ」

はい、と頷いて私もウィリアム様の背に腕を回してぎゅーっとします。

「リリアーナ、タラッタ姫を受け入れたことで危険も増す。できる限り家にいてくれ」

「分かりました」

「家のことも含め、タラッタ姫のことは頼む」

「お任せ下さい。差し入れはフレデリックさんにお渡しするようにしますね」

「……悔しいが致し方ない」

そう言ってウィリアム様の腕の力が緩んで離れていきます。顔を上げれば、唇に触れるだけのキスが降ってきました。

周りに誰もいなかったので、私も背伸びをしてキスを返します。

「行ってらっしゃいませ、どうかお気を付けて、ウィリアム様」

「ああ。行ってくる」

ウィリアム様は名残惜しげに私の額にキスをすると、私に背を向けエントランスのほうへと去って行ったのでした。

いつもより少し遅い時間に起きると、弟たちは既に朝食を済ませていて、私はグラシア様と二人で朝食を頂きました。

アリア様は明け方、ウィリアム様に護衛されて、こっそりと王城に戻られたそうです。

「グラシア様、少しだけお庭を散歩しませんか？　薔薇が見頃なのです」

食後の紅茶を楽しんでいたグラシア様に声を掛けます。

グラシア様が「是非」と了承してくれました。

「ありがとうございます。私、グラシア様とはゆっくりお話がしてみたくて。あの……弟たちが世話をしている花壇にも寄り道してよろしいですか？」

「もちろん。楽しみ」

そう言ってグラシア様も嬉しそうに微笑んでくれました。

紅茶を飲み終えたら、エントランスからお庭へと出ます。私は日傘を片手に外へ出ますが、グラシア様はエルサが差し出した日傘を受け取りませんでした。

「よろしいのですか？」

「ええ。私、日傘なんて一本も持っていないのよね」

ふふっと笑ってグラシア様は肩を竦めました。

「なら、君に似合う日傘を僕が贈ろうかな」

その耳慣れた声に驚きながら振り返れば、何故かアルフォンス様が立っていました。

「まあ、アルフ様。おはようございます」

「おはよう、リリィちゃん。おはよう、グラシア姫」

「……おはようございます、殿下」

　グラシア様が不審そうにアルフォンス様を見ています。

「アルフ様、どうしてここに？」

「先日のお茶会で、グラシア姫が活躍したんだろう？　それで一度、話をしてみたかったんだが、僕が呼び出すと騒ぎになるからね。でも今は都合よく、ウィルの家にいるというから会いに来たんだよ」

　そうでしたか、と納得する私の横でグラシア様がすごい顔をしています。

　間違いなく候補者が射止めるべき相手である王太子に向ける顔ではありませんでした。

「そういうわけで、グラシア姫を借りてもいいかい？　勝手知ったる侯爵家の庭だし、僕が案内するから、リリィちゃんは休んでいるといい」

「いけません、アルフォンス様」

　グラシア様に差し出された手を遮るように私は間に入ります。こんなことは初めてするので、アルフォンス様が珍しく驚いています。

「お義母様に候補者様を男性と二人きりにしてはいけないと厳命されているのです。相談役である私をお連れ下さらないのならば、我が家のお庭での散策は許可できません」

　アルフォンス様が少し酸っぱいような顔をしましたが、だめなものはだめです。

「……どうしても？」

「どうしてもです。……私がお嫌でしたら、お義母様をお呼びしますが？」

「リリィちゃんでお願いします。シャーロット夫人は怒ると母上と同じくらい怖いんだ」

どうやら怒られることをしようとしている自覚はあるようです。

「では、お庭へ行きましょう。本当に薔薇が見頃で、カドック様が前にお花が好きだとおっしゃっていたので見せたかったのです」

アルフォンス様のすぐ近くで今日もちゃんと控えていたカドック様を振り返ると、カドック様は嬉しそうに笑って下さいました。

「グラシア様、私も一緒ですから安心して下さいね」

「ありがとう、リリアーナ様」

グラシア様はするっとアルフォンス様の横から私の隣へとやって来ました。

グラシア様、私、アルフォンス様という並びになります。どうしてもお隣が嫌なようで、アルフォンス様が心無しかしょんぼりしていました。

「で、では行きましょうか」

私は、とりあえずお庭へ行って薔薇を見れば心が和むかもしれないと判断して歩き出し、二人も私に合わせて足を踏み出しました。私たちの数歩後ろをエルサとアリアナ、ジュリア様、カドック様がついてきてくれます。

お庭を進んで、我が家の薔薇園へ向かいます。

「すごい、もうここからいい香り」

「風向きによっては、お屋敷の中にいても窓を開ければ香るのですよ」

　爽やかな春の風は、薔薇の豊潤な甘い香りに満ちています。

「すごい、素敵！」

　薔薇園に到着するとグラシア様が顔を輝かせました。

「薔薇は私の一番好きなお花で、ウィリアム様が庭師の皆さんにお願いしてたくさん植えてくれたのです」

「ああ、一時、ウィリアムがうちの庭や市場で薔薇の苗を吟味していたのを思い出すよ」

　私の言葉にアルフォンス様が軽やかに笑いながら言いました。まさかこの中に王城から分けてもらった薔薇があるかもしれないというのは、初耳でした。

「リリアーナ様と侯爵様はとても仲がいいのね」

「我が国一、仲睦まじい夫婦だよ。王太子である僕が保証する」

　グラシア様の言葉にアルフォンス様が冗談交じりにお返事すれば、先ほどまでとは打って変わってグラシア様はくすくすと朗らかに笑っていました。アルフォンス様の目が嬉しそうに細められていて、私はもしやと片手で口元を押さえます。

　ウィリアム様からアルフォンス様がグラシア様に目を付けたと聞いていたので、事件的な理由かと思ったのですが、もしかするとそれは見当違いだったのかもしれません。

「グラシア姫の国は、どんな国なんだい？　申し訳ないけれど、行ったことがなくてね」

アルフォンス様がグラシア様の表情を窺うように問いかけます。

「それはそれは小さな、自然しかないような国です」

グラシア様は気にした様子もなく朗らかに笑って答えます。

「この王国に比べたら、王家とはいってもちょっと大きなお家くらいの感覚で、国民も自由に王城に出入りするような緩さです」

「まさか、本当に？　危なくないかい？」

アルフォンス様が素で驚いています。

「クレアシオン王国の王太子殿下の立場からすれば、信じられないでしょう？　でも本当なのですよ。私は庶民の格好で自由に町を散策しますし、国民は私を気軽に『グラシア様』と呼び止めて、お菓子をくれたりします。気さくで陽気で、心優しい自慢の国民です」

グラシア様の細い指が深紅の薔薇の花弁を優しく撫でます。

「綿花と絹が私たちの暮らしを支えていて、繁忙期には私も作業を手伝うのですよ」

「だからグラシア様は、毒草などにも詳しいのですか？」

「ええ。全部、国の皆に教わりました。国民たちは毎日を懸命に生きている。この薔薇もジャムにできるし、あの木の葉っぱは若芽の頃には軽く炒って食べられる。薔薇の木の下に植えられたこのハーブも薬になったり、お茶になったりしますよ」

アルフォンス様が「とても詳しいね」と目を丸くします。

「だって、食べることは命を繋ぐこと、じゃないですか」

「……食べることは、命を繋ぐこと」

アルフォンス様のオウム返しにグラシア様が頷きます。

私は一歩下がって、カドック様と並んで二人を見守ります。

「綿花と絹しかないから、それほど贅沢はできないけれど、家族に行き渡るだけの量の食事があればいい。皆で三食美味しく食べて、よく働いて、学んで、子どもたちは遊び回って、そうして、夜はぐっすり眠りについて、日の出と共に起きる」

グラシア様の緑の瞳には、深く尊い慈愛が輝いています。

「なんでもない、当たり前の日常。でも私の大事な国の、そこで生きる大事な人たちには、そういう当たり前の幸せを享受していってほしい。私は、そのささやかかもしれない幸せを守れる王女でありたい」

宣言するグラシア様の笑顔はどんな宝石よりも輝いて、深い愛情に満ち溢れていました。

「……あら、まあ」

私の隣でカドック様も息を呑んで目を丸くしていますが、きっと誰だって驚くでしょう。

薔薇の手入れをしていた庭師さんたちもエルサとアリアナ、ジュリア様も驚きに口がぽかんと開いています。

あのアルフォンス様が顔を真っ赤にして固まっているのですから。

「……殿下？　大丈夫ですか？　お顔が真っ赤ですけれど、日差しが強すぎたのかしら」

グラシア様が心配そうに声を掛けると、アルフォンス様が片手で口元を覆い、もう片方の手を前に出して「大丈夫」とだけ言いました。

アルフォンス様は、深呼吸をして、咳ばらいをすると顔を上げました。まだ少し頬に赤みは残っていますが、なんだかとても清々しいお顔をしています。

「うん、決めた」

「は？　何をです？」

訝しげに首を傾げたグラシア様の疑問は、すぐに答えが返されることになります。

アルフォンス様が深紅の薔薇を一輪、庭師さんに切ってもらうと、なんとグラシア様の目の前に片膝をついて、その薔薇を差し出したのです。

「あらあらあら……」

私たちは開いた口が塞がらなくなりましたが、グラシア様もぽかんと大きく口を開けて、アルフォンス様を見ています。

「グラシア姫、どうか僕と結婚して下さい」

「ええっ⁉　嫌です‼」

ですが、グラシア様からの即答は真っ直ぐな拒否でした。

「あらあら……まあ……」

突然のプロポーズとあまりに早い失敗に私たちは狼狽えてしまいます。カドック様が隣で見たこともないくらいオロオロしています。

「あ、やばっ……いえ、あの、で、でで、殿下、私なんて、殿下には不相応でしてね！」

グラシア様が、流石にまずいと思ったのか取り繕い始めますが、あまり取り繕えていないような気がします。

「タチアナ様とかサーラ様とかその辺が無難、じゃなくて、ええと、そう！　国同士、安定と平和のためにもいいと思います！　ね、殿下！」

求婚したばかりの（客観的に見て間違いなく）恋した女性に、他の女性をすすめられて、アルフォンス様の頬も引きつっています。

「僕が求婚したのは、グラシア姫、君なんだけど……」

「いえいえいえいえ、無理です無理。それに殿下は私の好みじゃないので……」

ものすごい拒否です。アルフォンス様に代わってカドック様が泣きそうな顔になってしまうほどの拒否です。

そして何故かグラシア様とアルフォンス様含め、皆で私に助けを求める視線を送ってくるのです。相談役ってここまでするのでしょうか、いえ、結婚に関する相談役なのですから、そうなのかもしれません。

「ええと、アルフ様、やっぱり結婚相手の中身を知らないというのは女性にとって怖いことですから……まずはお友だちからなんていかがでしょう？」

アルフォンス様が「それだ！」というお顔になってグラシア様に向き直ります。

「グラシア姫、僕とお友だちから始めて下さい！」

「……まあ、お友だち、からなら」

差し出された薔薇をグラシア様がようやく受け取ってくれました。

「よろしくね、グラシア姫」

アルフォンス様が握手をしようとしますが、グラシア様はするりとよけると私の下へやって来ました。

「今日は日差しが強すぎるみたいだから、先に戻らせてもらうわ」

「は、はい。……アリアナ、お傍に」

切羽詰まった表情で、間違いなく逃げ出したグラシア様の後を追うようにアリアナにお願いすれば、アリアナがすぐにその背を追いかけて行ってくれました。

「……アルフ様？　あの、大丈夫、ですか」

握手の姿勢のまま固まるアルフォンス様に声を掛けます。

私の言葉に再び動き出したアルフォンス様は、ふう、と自分を落ち着けるように息をつくと私を振り返りました。

「僕は、諦めの悪い男なんだ。地道に、地道に頑張るから……応援してくれる？」

「アルフ様が節度をきちんと守って下さるのなら」

「守る。絶対に守るよ。お嫁さんになってほしいって思えたのは彼女だけなんだ」

「はい。グラシア様は心根の美しい、優しい方ですもの」

「うん。……僕、頑張るよ。そこでしばらく、グラシア姫をここに泊めてくれるかな？ホテルだと僕は何もできなくなってしまうから」

「ウィリアム様に許可を取って下さいませ。私はもちろん謹んでお受けします」

私の返事にアルフォンス様が「ありがとう」とほっとしたように小さく笑いました。

今日は初めて見るアルフォンス様の表情がたくさんです。

「よし、カドック。仕事へ戻ろう」

カドック様がこくりと頷きます。

「リリィちゃん、見送りはここでいいよ。僕のお嫁さん候補をよろしくね」

「はい。アルフ様、カドック様もどうかお気を付けて下さいませ」

「ありがとう。じゃあ、行ってくるねー！」

そう告げて、いつもの朗らかな笑みを浮かべるとアルフォンス様は、ひらひらと手を振って去っていきます。

その背が庭の植物で見えなくなって、私は、ふう、と息をつきました。

「まさか……すごい場面に居合わせてしまいました」

「ええ、本当ですね。しかも拒否されるなんて、いたたまれなかったです」

「師団長が血相変えて確認に帰ってきますよ、きっと」

エルサ、ジュリア様と私の言葉に続きます。

「エルサ、グラシア様のお部屋に心を落ち着けるハーブティーを。もし、誰かとお話がしたいようであれば、いつでもお呼び下さいと伝えて下さいね」

エルサが「かしこまりました」と一礼して屋敷へと戻っていきます。

「ジュリア様、お花を摘むのを手伝って下さいますか？　グラシア様とタラッタ様のお部屋に飾っていただこうかと」

「もちろんです。鋏を借りてきますね」

そう言ってジュリア様が近くにいた庭師さんから鋏を借りて、すぐに戻ってきます。庭師さんが気を利かせて、ついでに花を摘む用のバスケットも持ってきてくれました。

私が選んだ花をジュリア様が棘に気を付けながら、鋏で切ってくれます。

私が求婚されたわけでもないのに、ドキドキしている胸を落ち着けるためにも、黙々と薔薇の花を選び、バスケットはあっという間にいっぱいになってしまったのでした。

「本当なのか、アルフォンス」

「おい、アルフォンス、マジかよ？」

私――ウィリアムとマリオは、執務室に入ってきたアルフォンスにすぐさま詰め寄る。

「え？　何が？」

「グラシア姫に求婚したって、しかもうちの庭で」

妻からのこの一報に私は驚きのあまりその事実だけを確認しに家に戻った。

迎えてくれたリリアーナの口から本当だという話を聞いて、私は絶叫してしまい母に怒られたのだが、本人の口から聞かないとやはり信じられなかった。

「うん、本当だよ」

動揺する私たちをよそにあっけらかんとアルフォンスは肯定した。

「ただ、きっぱりと拒否されたけど……」

私とマリオは押し黙る。

何事もそつなくこなして、相手に否を言わせないのがアルフォンスなので、まさか断られるとはきっと本人だって想定していなかっただろう。

「挙句の果てには、タチアナ姫とサーラ姫をすすめられたけど、リリィちゃんのおかげでなんとかお友だちっていう立場に落ち着いたよ」

少し遠い目をしてアルフォンスは言った。

アルフォンスを振った挙句に他の姫をすすめるなんて、グラシア姫は豪胆だ。

「でも、グラシア姫ってあのヴェルチュ王国の第二王女、だよな。あの、ぱっと思い浮かばないくらいに小さな国の」

「そうだよ。正直な話、結婚しても国としての利益は出ないだろうねぇ」

そう言いながらアルフォンスは驚く私たちをよそに部屋に入って、勝手にソファに座り、フレデリックに「さっぱりした風味の紅茶を」と所望する。

私とマリオも慌てて彼の向かいのソファに並んで座る。

「舞踏会の夜、有力候補から選ぶって言ってなかったか？」

私の記憶が正しければ、アルフォンスは確かにそう言っていた。国の利益を最優先にする男なので、彼はまさにその通りにするだろうと思っていたのだ。

「なんで、グラシア姫なんだ？」

「彼女、面白いからね」

少し話をしただけだが、グラシア姫は聡明な女性だ。謙虚で賢く、私の妻にもとても親切にしてくれて、茶会での一件も私の妻を慮り、行動に移してくれたそうだ。目立つことを好まない様子だったので、本当に妻のためだったのだろう。

しかしながら、面白いとはどういうことだろう。

「それに彼女は将来王妃になったら、僕の国を大事にしてくれるだろうと思ってね」

そう告げるアルフォンスは、見たこともないくらいに優しく、まるで愛おしいものを思い出しているかのような顔をしていた。

私とマリオは顔を見合わせる。

今回の妃選びに呼ばれた候補者たちは、国王陛下が我が国に妃候補として呼んでいるため、たとえ有力候補ではなく小国の姫を選んでも問題はない。国王陛下のお墨付きなので、私たち臣下は、公然と反対はできないのだ。

ただ反対されないとはいえ、国になんの利益もない小国の姫では、今後、本当の意味で認められるのは大変だろう。

だが、臣下としてより、苦楽を共にした友人として言えるのはこれだけだ。

「アルが本気で大切にしたいと想える人に出会えたなら、私たちは祝福するよ」

「そうそう。前途多難みたいだけど頑張れよ」

アルフォンスは、私たちの言葉が予想外だったのか、珍しくぽかんとしている。

立場上、グラシア姫を選ぶにあたって待ち受ける困難は彼が一番分かっているだろう。

その困難を共に乗り越えてもらうために信頼を築くことは、並大抵のことではない。

「ありがとう、心強いよ」

そう言ってアルフォンスは、小さく笑ってフレデリックの淹れた紅茶を飲んだ。

「さて、色々と情報が集まっているようだね」

この切り替えの早さは見習いたいものである。

「ああ。件のグラシア姫が色々と情報をくれてな」

「流石僕の見初めた人だ。よーし、彼女と友だち以上になるためにも頑張らないとね！」

アルフォンスは非常にご機嫌な様子で、事務官たちがどんどんテーブルに積み上げていく報告書や資料を読み始めた。

「ウィルが記憶喪失になって、リリアーナ様に惚れてからも人が変わったと思ったけど……それってアルフォンスにも適用されるんだな」

マリオが隣でしみじみと呟いた言葉に、私はなんとも言えない気持ちになりながら「そうだな」と返したのだった。

第四章 お姫様の困惑

「……これ、どうしたらいいのかな」

エントランスでグラシア様が私を振り返り、首を傾げます。

グラシア様が、我が家に滞在するようになって早いもので三日が経ちました。グラシア様は、思いのほか、我が家での暮らしを楽しんで下さっているようです。

ところが、彼女を悩ませているものが目の前にあります。

それはあの日から毎日欠かさず届くアルフォンス様からの贈り物です。

ドレスにアクセサリー、お花にお菓子などです。ただ、この多種多様な贈り物の名義はウィリアム様から私宛になっています。グラシア様への想いを公にしてしまうと、彼女の身に危険が及ぶと考えたアルフォンス様に隠れ蓑を頼まれたからです。

「とりあえず……後で中身を確認するから、私の部屋にお願い」

グラシア様のお願いに、贈り物は全て彼女の部屋に運ばれて行きます。

複雑そうなグラシア様の背中を見守りながら、もう一つの心配事に眉を下げます。

グラシア様の滞在が三日なら、タラッタ様が家に運ばれたのも三日が経ちます。ですがタラッタ様は深く眠ったまま目覚める気配がありません。

私は看病を任されていますが、病気の可能性が残っている以上は直にお会いすることができないので、メイドさんたちに任せ、回復を祈ることしかできず歯がゆいです。

「奥様ー！」

「アリアナ、走ってはいけません！」

元気な声にエルサの叱責が飛びます。

振り返ると、アリアナがすごい勢いでこちらにやって来て、目の前で急停止しました。

「大変です、奥様！」

「ど、どうしたのです、アリアナ」

「タラッタ様が目覚めました！　それですぐに奥様を呼ぶようにと、失礼します！」

私は、突然アリアナに横抱きにされました。振り返ったグラシア様が小柄なアリアナが私を軽々と抱き上げたことに驚いています。

「アリアナ！」

エルサの叱責が再び飛びますが、こういう時のアリアナは人の話を聞いていないのです。

私はアリアナに抱えられたままタラッタ様のお部屋に到着しました。後からグラシア様、エルサ、ジュリア様がやって来ます。

「奥様をお連れしました！」

アリアナが私を抱えたまま中へ入っていき、ベッドの横に降ろしてもらえました。

ベッドの上でタラッタ様は、クッションを背もたれにして体を起こしていました。

初めてお会いするタラッタ様は、小麦色の肌に艶やかな黒髪の姿絵で見るよりもずっと美しい女性でした。夜を思わせる真っ黒な瞳がとても神秘的です。

ですが、長く病んでいたせいか、姿絵よりもずっとやつれてしまっています。

「……貴女は？　ここは、どこだ？　後宮、ではなさそうだ」

思ったよりもはっきりとした口調でタラッタ様が尋ねてきます。

「私は、スプリングフィールド侯爵夫人、リリアーナ・オールウィン＝ルーサーフォードと申します。ここは王城の後宮ではなく、我が侯爵家の一室です」

「スプリングフィールド侯爵夫人……ということは、あの、英雄殿の」

「はい、ウィリアムの妻でございます」

私が頷くとタラッタ様は興味深そうに部屋の中を見回しました。

「先生、こちらです！」

ライラさんの声に振り返ると、モーガン先生が彼女の後ろから現れました。

「奥様、一度、診察をいたしますので、旦那様にお報せをお願いできますか？」

「はい。分かりました。タラッタ様、こちらは我が家の主治医のモーガン先生です。とても優秀なお医者様なので安心して下さいね。……エルサ、すぐに仕度を。アリアナは、お手紙を届ける準備をお願いしますね。ジュリア様は念のため、ここに残って下さい」

アリアナは急いで部屋を出て行きます。私もエルサと共に部屋を出て、近くの部屋でウィリアム様にタラッタ様が目覚めたという報せをしたためます。

そして手紙を出した後は、タラッタ様が診察を終えて、会える状態になるのを、グラシア様も一緒にその部屋で待ち続けました。

一時間ほどしてタラッタ様の仕度が整うのと同時にウィリアム様も帰宅しました。

ウィリアム様とグラシア様と共にタラッタ様の部屋へ入ります。

タラッタ様は、先ほどと同じようにクッションを背にしていました。

「タラッタ姫、初めまして。ウィリアム・ルーサーフォードと申します」

「初めまして、ワタシはイトゥカ首長国の首長の娘・タラッタだ」

ウィリアム様とタラッタ様が挨拶を交わし、エルサたちが用意してくれた椅子に並んで腰かけます。グラシア様は私の隣に座りました。

「旦那様、まずは私が説明をしても？」

モーガン先生がカルテを軽く掲げて首を傾げます。ウィリアム様が「頼む」と返事をすると、モーガン先生はカルテに視線を落とします。

「基本的にはどこも悪いところはなさそうですね。意識もはっきりしていますし、記憶障害も起きていない。水を飲まれましたが、吐き戻すこともありませんでした。ただ食事を摂れていなかった分、少し痩せてしまっているのと寝たきりだったので、筋力の低下が気になるところです。ですが手足の痺れや麻痺などもなく、侍女殿に確認していただきましたが全身に異常な発疹やただれ、炎症なども見受けられませんでした」

「やはり、毒の可能性は低いか？」

「医者として、その質問に答えるならば『はい』ですね。御殿医殿のカルテを見せてもらいましたが、私が見ても彼女は眠っていただけという状態です」

「タラッタ様は、何か違和感を覚えるところはありますか？」

私の問いにタラッタ様は首を横に振りました。

「いや、少しだるいが……よく寝たなという気持ちだ」

「なるほど。タラッタ姫、モーガン、このまま少し話をしても？」

「ワタシはかまわぬ」

「タラッタ様がそうおっしゃるのなら。ただし、無理は禁物ですからね」

モーガン先生の言葉にタラッタ様が頷きました。

「……ワタシは、貴方と王太子殿下に伝えたいことがあって、今回の妃選びに参加した。原因が分からない以上、また眠ってしまうかもしれない。だからその前に聞いてほしい」

「伝えたいこと？」

ウィリアム様が首を傾げます。

そういえば、後宮でタラッタ様を保護してほしいと頼まれた時、ライラさんが似たようなことを言っていたのを思い出しました。

「……我が国は砂漠と海が自慢の国だ。特に海は、内陸に位置するフォルティス皇国にとって位置的に喉から手が出るほどに欲しい場所にある。故に我々とフォルティス皇国は長年にわたり、睨み合いを続けている。英雄殿の働きで、フォルティス皇国は弱体化したが……最近、動きが活発化している」

「隙あらば奴らは我が王国を侵略しようとしていますからね」

「フォルティス皇国がこのクレアシオン王国を落とせば、もう誰も逆らえまい。……フォルティス皇国の現皇帝は、どうも『黒い蠍』と手を組んだと推測されている」

黒い蠍。それは、フォルティス皇国のみならずそこら中で違法薬物の密売、人身売買、略奪や破壊を繰り返す国際的な犯罪組織です。

あまりに規模が大きすぎて、一網打尽にするのは不可能と言わしめるほどの組織は、同時に幹部や首領についても謎が多いという特徴があります。

ですが、私はその黒い蠍の首領と呼ばれる男性に会ったことがあります。怖いくらいに美しく、同時に底知れない人という印象です。そして、かつて私の継母の命を奪った人でもあります。

「もともとフォルティス皇国は、黒い蠍と密な関係にあるとされているが……」

「黒い蠍の活動はフォルティス皇国にとどまらない。その潤沢な資金と豊富な人員を後ろ盾としてフォルティス皇国は、再興しようとしている」

ウィリアム様が押し黙り、眉間に深い皺が刻まれています。グラシア様も難しい顔をしていました。王女としては、あまり良い報せとは言えないでしょう。

私は、あの人を――アクラブを思い出して、なんだか怖くなって彼の膝の上にあった大きな手にそっと触れました。すぐにウィリアム様が気付いて、手を握り返してくれ、それだけでもほっとしました。

「すまない、夫人を怖がらせるつもりはなかった」

タラッタ様が形のいい眉を下げました。

「いいえ、夫がいますから大丈夫です」

私の返答にウィリアム様の手の力が少し強くなりました。

「さて、旦那様。お話はここまで。起きられたばかりですからあまり無理はいけません」

モーガン先生から終わりの声が掛かりました。

「待ってくれ。一つだけ聞きたいことがある。今回の異変についてタラッタ姫自身は何か心当たりがあるかどうかだけ」

ウィリアム様がお願いすると、モーガン先生はタラッタ様を見ました。タラッタ様が頷くとモーガン先生が渋々ながら頷いてくれました。

「ありがとう。ではまず、タラッタ姫自身が感じた異変はいつから？」

ウィリアム様の問いにタラッタ様が視線を上に向け、考える仕草を見せます。

「……到着した日の翌日だ。到着した日は王妃様が晩餐に招待して下さって、候補者は皆、そちらに参加した。だが翌日から異様なほどの眠気に襲われるようになった」

「眠気ですか……吐き気などは？」

「ない。ただひたすらに眠いのだ。めまいというか、徹夜を何日もして、うとうとするような感じはあった。ワタシもおかしいと思った。だから、食事は全てライラが毒見をしてくれたし、飲み物もだ。だが見ての通り、ライラはぴんぴんしている」

ベッドの傍に控えるライラさんを振り返ります。タラッタ様が目覚めたことで安心したのでしょう。少し目じりが赤くなっていました。

「だが、三日も経つとその眠気にどうやっても抗えなくなった。座っているだけでも深く眠ってしまうし、立っていることもままならなかった。ベッドに何かあるのかと思って、ライラが一晩寝たが何もなかった。ワタシはソファで深く深く眠ってしまった。ここ数年は、深く眠ることはなくなっていた。なのに、浅い眠りができなくなった」

騎士であるウィリアム様も以前、深く眠ることはあまりないと言っていました。タラッタ様は祖国では戦士として国を守っていると聞いているので、それと同じでしょうか。

「ワタシは、こちらへ来てからも自国と同じ生活をしていた。食事も似たようなものを頼んでいた。気候も確かにこちらは涼しいが、心地良いと感じる」

「なるほど……では、ライラは何か感じたかい？」

ウィリアム様がライラさんに尋ねます。

「……ここにいる間、改めてずっと考えていたのですが、何も。御殿医たちが、丁寧にあれこれ調べてくれましたし、姫様の衣類やベッドシーツは私が全て手洗いしました。毒針が仕込まれていないか、布になんらかの毒が染み込んでいないか、毒性のある生き物や植物がないか部屋をくまなく探しましたが、何も見つからなかったのです」

「ではやはり毒ではないのだろうか」

考え込むウィリアム様にグラシア様が声を掛けます。

「侯爵様、素人の意見ですが、それでもこちらに来てタラッタ姫が目覚めたのならば、あの部屋に何かあったのでは？」

「それはそうなのですが、影武者は毎日を快適に過ごしているようで異変は一切ないと報告が来ているのです」

ウィリアム様の返事にグラシア様も、そしてタラッタ様も困惑しています。

私は、ふと思いついたことを聞いてみることにしました。

「タラッタ様は、祖国での生活と同じ生活をこちらでもしていたのですよね？」

「ああ。王太子殿下には始まりの舞踏会まで会えないと言われて、鍛錬をして食事をし、知識を深めるため読書をして、動けていた三日は中庭を散歩したりもした。そして体を清めて寝る。そういう毎日だった。それ以降はほとんど寝ていて、起きている時間は食事などをかろうじてこなしていただけだ」

「そうなのですね。……タラッタ様のお世話をしていたのはライラさんだけですか？」

私の問いかけにライラさんが顔を上げます。

「護衛は、護衛のみ。姫様の世話は後宮でもここでも私がしていました」

「じゃあ、ライラさんに聞いたほうがいいかもしれませんね」

ウィリアム様が「リリアーナ？」と私を呼びながら不思議そうにこちらを見ます。

「祖国や後宮でしていたけれど、我が家に来てしなくなったお世話はありますか？」

私の問いかけにライラさんはしばらく黙考した後、はっとしたように目を見開きました。

「香を、焚きませんでした」

「香？」

私たちは首を傾げます。

ライラ様は、部屋の片隅から美しい金の細工の香炉を持ってきました。

「私たちの一族は、眠る前に男も女も老人も子も、皆、好みの香を焚いて、その香りの中で眠るのです」

「どうして、我が家では焚かなかったのですか？」

「姫様のお好きな香りは、祖国では一般的なものですが、少々独特な匂いなのです。前に異国の客人の中で、その匂いがどうにも合わず体調を崩された方がいました。侯爵夫人は体が弱いと聞いていましたから、万が一のことがあってはいけないと思い、こちらへ来てからは、香を焚かなかったのです」

　タラッタ様のお部屋で感じた匂いは、この香炉の香りだったのかと私は納得しました。

「香炉……火……、熱……。そうか、そういうことか！」

　ウィリアム様がはっとしたように顔を上げ、私を振り返ります。

「リリアーナ、やはり君は天才かもしれない。タラッタ姫、この香炉をお借りしても？」

「ああ、かまわんが……英雄殿は何か心当たりが？」

　タラッタ様が興味深そうに尋ねます。

　ウィリアム様は、ライラさんから香炉を受け取り、エルサが差し出した布に包みます。

「一つ、心当たりがある。私の勘が正しければ、タラッタ姫はこのまま何事もなく回復するだろう。我々は、毒だと信じ込みすぎて、真実が見えなくなっていたんだ」

　ウィリアム様の言葉の意味が今一つ分からなくて、私たちは顔を見合わせました。

「リリアーナ、引き続き家のこと、姫様たちのことを頼むよ。私は急ぎ、騎士団へ戻る」

　そう口早に告げるとウィリアム様は私の額にキスをして、フレデリックさんに声を掛け、矢のような勢いで部屋を出て行ってしまいました。

私たちはあまりの急展開に、しばらく呆然とウィリアム様が出て行ったドアを見つめていたのでした。

タラッタ様はウィリアム様が言っていた通り、強烈な眠気に襲われることもなく徐々に回復していきました。

ウィリアム様はあれから一週間、一度も家には戻られていませんが、ウィリアム様が持って行ったあの香炉になんらかの原因があったに違いありません。

結果報告を待つしかない私たちは、思いがけず穏やかな日々を過ごしていました。

「アルフ様はマメですねぇ」

今日も今日とて、ドレスやアクセサリー、花束にお菓子などの多種多様なプレゼントがグラシア様のお部屋に運び込まれます。

「ははっ、殿下は随分とグラシアに執心しているのだな」

タラッタ様がカラカラと笑いました。

一昨日、タラッタ様はベッドから出る許可が下り、家の中を自由に過ごしています。

「……こんなに、困る」

ところがグラシア様は、少々、この贈り物を持て余しているようでした。

「ねえ、リリアーナ様、手紙の返事にいらないって書いてもいいと思う？」

「それはちょっと……せめて一日一つとお願いしてはいかがですか？　お菓子やお花がいいとか、条件も出すと男性には分かりやすいかもしれません」

「なるほど……なら後で、お返事を書いたら添削してもらってもいい？」

「私でよければ」

グラシア様は「ありがとう」と言って、贈り物の山を振り返り、ため息を零されました。なかなかアルフォンス様の想いはグラシア様の心を動かすには至っていないようです。

「素直に受け取れば良いのに、グラシアは謙虚だな」

タラッタ様が感心したように言いました。

眠っている間にアルフォンス様がグラシア様に求婚していたので、思うところがあるのではと心配したのですが、タラッタ様は全く気にしていないようでした。

『ワタシは大手を振ってクレアシオン王国に来られる良い機会を国王陛下が与えて下さっただけだと思っているからな』

そう言ってタラッタ様はやはりカラカラと笑っていました。まさか有力候補の中にもアルフォンス様との結婚に興味がない方がいたのは驚きでした。

「グラシアは、アルフォンス殿下が嫌いか？」

タラッタ様が尋ねます。

「嫌いではないけど、苦手かな。腹の底が見えない人だから。王太子としては優秀な人だと思っている。ただ……」

「ただ？」

言い淀んだグラシア様にタラッタ様が小首を傾げて先を促します。

「……私の国とは王家の在り方が違いすぎる。結婚すれば、今までとは全く違う生活をしなければならないかと思うと、やっぱりね」

グラシア様はなんとも言えない顔で贈り物の山を振り返りました。

「それは、まあ……確かになぁ」

タラッタ様が苦笑を浮かべています。

「ワタシは、祖国では大勢の女たちを率いて、国を守っている。鍛錬に明け暮れ、重臣たちと話し合い、ひとたび戦が始まれば先陣を切る。だが、この国の王太子妃になったら、今までと同じようには生きてはいけぬだろう。剣を捨て、美しいドレスをまとって、華奢なティーカップだけを持つようになるのは、きっと、ワタシには耐えられない」

タラッタ様の言葉に私は、そういう考えもあるのだと今更ながらに知りました。

私は生家では窮屈で恐怖に怯えた生活をしていました。もちろん結婚したばかりの頃は問題もありましたが、エルサのおかげでとても心穏やかな生活をすることができるようになりました。更にウィリアム様の記憶喪失を経た今は、結婚して本当に良かったと心から思える日々を送っています。

タラッタ様も言うようにグラシア様は、これまでの生活と王太子妃としての生活の違いへの戸惑いが大きいのでしょう。

ですが、アルフォンス様は、グラシア様を心から妃に迎えたいと思っているようで、毎日私に「グラシア姫はどうしている？」「贈り物は喜んでくれたかな？」という手紙が届くのです。私は嘘を書くわけにもいかないので、なんとか優しい言葉で真実を告げるしかできないのが心苦しいのですが、毎日、お返事を返しています。

「……アルフォンス様は、一度決めたことを覆すような方ではないので、たとえ、グラシア様が求婚を受け入れずに母国へお戻りになっても……外堀を完璧に埋めたうえで迎えに行くと思います」

私の言葉にエルサとアリアナ、ジュリア様までもが深く頷いていました。

グラシア様は両手で顔を覆ってうなだれてしまい、タラッタ様が「可哀想に」と憐みの眼差しを向けています。

私は、アルフォンス様のお気持ちがグラシア様に少しでも伝わるといいなと願いながらも、何か打開策はないかと頭を悩ませるのでした。

僕――アルフォンスは、スプリングフィールド侯爵家に来ていた。

いつものように遊びに来たわけではない。

ウィリアムが持ち帰ってきたタラッタ姫の香炉に仕込まれていたものが一週間以上経ってようやく判明したので、それをタラッタ姫本人とモーガンに伝えるために来たのだ。

タラッタ姫の香炉には、とある液状の睡眠薬が塗られていた。

異常に甘い香りが特徴なのだが、熱を加え気化すると無臭になり、その上、効力は失わないという厄介な特性がある。毎日、この薬混じりの香を焚いてしまった結果、薬が抜けきる前に新たな薬を摂取することになり、タラッタ姫は強い眠気に襲われたのだ。

これは昨年の夏、ウィリアムがアクラブに使われた薬で、黒い蠍が港町の荷物を盗み出すのにも使っていたものだった。

この薬の特徴は、その甘い匂いと効力の強さに加え、薬が抜けてしまえばなんの副作用もないというところだ。

普通、これだけの強い薬であれば、なんらかの副作用が伴う。麻痺であったり、意識障害であったり、吐き気や頭痛などがあげられる。だが、副作用がないため、少し使われただけでは異様な眠気で済まされてしまうのだ。

タラッタ姫は後遺症もなく、順調に回復しているそうで何よりだ。

結果を聞かされたタラッタ姫は平然としていたが、何も知らず主人に薬を毎日与えてしまっていた侍女は大分、動揺しているようだった。

僕は薬以外のことも少しタラッタ姫と話をして、今は応接間でリリアーナが来るのを待っている。

アーサーが淹れてくれた紅茶を飲んで、僕はため息を零す。

タラッタ姫は、他の候補者に比べれば圧倒的に護衛が少ない。何者かが忍び込んで香炉に薬を塗ったと考えていいだろう。

「……黒い蠍がまた僕の国に手を出そうとしているのかな」

黒い蠍は謎ばかりの組織だ。ただその名を借りているだけの盗賊などもいる。組織の中心部は特に謎だらけで、例のアクラブという男が、本当に首領なのかも分からない。

だが、あの男は只者ではないのは確かだ。

アクラブが関心を寄せているのは、リリアーナだ。彼は彼女を攫おうとしたり、彼女の指輪を盗んでみたり、とにかく彼女に対して興味があるようだ。

その上、ウィリアム曰くアクラブは、昨年の夏、リリアーナが子どもを産むまでは王国にはちょっかいを出さないとまで言ったらしい。

とはいえ、とにかく大きな組織だ。組織に与する全員がアクラブの命令を聞くわけもないだろうし、巡り巡って組織内の別の派閥が――例えば、フォルティス皇国に関係している派閥が――我が国にちょっかいをかけているのかもしれない。

故に、我が国にフォルティス皇国の内部情報をもたらし、フォルティス皇国にとって不利な状況を作り出すかもしれないタラッタ姫を最初の獲物にしたとも考えられる。

侍女のライラが侯爵夫妻に助けを求めなければ、薬の過剰摂取でタラッタ姫は二度と目覚めなくなっていた可能性もあるのだ。

「候補者の中に、その薬を持っている奴がいるということは、つまり、黒い蠍と関係している候補者がいるかもしれないというわけだよねぇ」

僕の独り言に、傍に控えていたカドックが僕の顔を覗き込んでくる。

『その可能性は大いにあるかと』

ぱくぱくと動く唇を読んで僕は「だよねぇ」とまたため息を零した。

「あぶり出し、うまくいけばいいけど」

僕らは候補者たちに『嫌がらせの犯人に見当がついた。証拠が固まり次第、母国に強制送還する』と噂を流した。

真犯人をそうやって追い詰めることであぶり出そうという作戦だ。もちろん追い詰められると人間は何をするか分からない部分もあるため、リスクも伴うが、候補者たちがこの国に残る時間はもう僅かだ。急ぎ、犯人を捕まえる必要がある。

ますます忙しくなりそうだなと目を伏せる。

その時、ドアの開く音と衣擦れの音がした。僕は立ち上がって、リリアーナを迎える。

「やぁ、リリィちゃん。忙しいところごめんね」

「いえ、アルフォンス様もお忙しいのでしょう？　月並みかもしれませんが、あまり無理はなさらないで下さいね」

そう言って心配そうに眉を下げたリリアーナに僕はお礼を言って、座るように促した。

「まず、タラッタ姫のことだけれど」

早速本題に入った僕にリリアーナは背筋を正す。

とはいえ、彼女には黒い蠍のことまで伝えることはできない。いくら英雄の妻とはいえ、彼女はただの貴婦人だ。

ウィリアムからもあまり事件にはかかわらせないようにと釘を刺されているし、僕も彼女にはそういうものに近寄ってほしくないと思っている。

「使われていたのは睡眠薬だったみたい。モーガンも順調に回復していると言っていたから、もう大丈夫だよ」

「そうですか、よかったです」

自分のことのようにほっとしているリリアーナに、僕も小さく笑みを浮かべる。

「睡眠薬は香炉に塗られていたようで、今はどうやってそれを塗ったのか、誰がやったのかを騎士団で調べているんだけど、まだ誰かは分かっていない。侯爵家にはそんなことをする奴はいないから、ここのほうが安全だ。もう少しタラッタ姫を頼むよ」

「はい、お任せ下さい」

「それで、大分時間が経ってしまったけれど、お茶会のタチアナ姫とポリーナ姫の件について話をしてもいいかな？」

僕がこう切り出すとリリアーナが不安そうに眉を下げた。僕は大丈夫だよという意味を込めて笑みを返す。

「騒ぎを起こしてしまったのは頂けないけれど、スプリングフィールド侯爵家の庭での出来事だし、本人たちも反省している。彼女たちの件はリリィちゃんに一任するよ」

「まあ……ありがとうございます、アルフ様」

ぱぁっと顔を輝かせるリリアーナはとても美しい。天界から遊びにきた女神様を英雄——ウィリアムが捕まえたと噂されるわけだと僕は納得する。

「ところで」

僕は、本日一番重要な話題へと移行するべく口を開く。

「…………グラシア姫が、冷たいんだ」

リリアーナが気まずそうな顔をしている。

僕の心を射止めたグラシア姫は、全く僕に心を開いてくれていなかった。

贈り物もお礼は手紙で言ってくれたがあんまり喜んでもらえず、しまいには「一日一個のお菓子とかでいいです」という手紙が来た。更に、彼女からの返事は三日に一度くれればいいほうだった。その内容も手紙の文例集から引っ張ってきたようなそっけない内容だ。

「侯爵家の庭で、もちろんリリィちゃん同伴で会えないかって誘ったんだけど『タラッタ様の看病があるから』って断られてばかりなんだ……」

　仕事で来たのは本当だけれど、ウィリアムが説明に行くと言っていたのを譲ってもらったのは、僕の意思だ。一日でもいいからグラシア姫に会いたかったのだ。

　僕はできる限り、この婚姻を早くまとめたいと考えている。そうすれば大手を振ってグラシア姫を守れるし、候補者たちをとっとと母国に返せる。

　だが、それが焦りに変わってしまっているのか、なかなかうまくいかない。

「……アルフ様。グラシア様は、結婚して環境が変わるのが怖いとおっしゃっていました」

　リリアーナの言葉に僕は顔を上げる。

「私の家のことはアルフ様もご存じだと思いますが、だからこそ私にとって結婚は救いでした。……でもそれは、今だから言えることです」

「……ウィル、馬鹿みたいに君をほったらかしにしていたもんね」

　僕の返しにリリアーナは、困ったような顔をしたが否定はしなかった。

「旦那様が記憶喪失になった際、アルフ様は私にこう言いました。『僕も知ることは怖いよ』と……グラシア様も貴方を受け入れた後のことを知るのが怖いのかもしれません」

「そう、だね。確かに僕に嫁いだら自由に町を歩くことはできなくなるし、農作業だって手伝えなくなるね。……そうか。グラシア姫は僕を受け入れることが怖いのか。考えたこともなかったよ。周りが見えないなんて王太子としてだめだね」

「いえ……本当は私がアルフ様に助言するなんておこがましいかもしれませんが、結婚はお互いを知ること、お互いの話にきちんと耳を傾けることが大事なのではと思います」

「話に耳を傾ける……」

「相手がどうしたいのか、どう思っているのかを考えることは大事です。もちろん考えすぎて動けなくなってしまう時もありますが……アルフ様、グラシア様が抱える恐怖は、きっと迎え入れる貴方より大きなものです。私がこの家のエントランスに旅行カバンを一つだけ抱えて入った時も、本当に……本当に、怖かった」

震えるような小さな声で告げられた言葉に初めて、僕も出席した花嫁だけを先に帰した最低と言っていい結婚式の後の話だと気付いた。

「私は婚約も当日に知らされて、結婚式も同じく当日でした。だからこそ、心の準備が全くできていなかったのです」

「ええ……本当に当日だったんだ……」

「はい。アルフ様が少し焦っているご様子なのは、私にさえも伝わっているのですから、きっとグラシア様にも伝わっています。終わりの舞踏会で発表なさりたいのでしょう？」

「……うん。実際は……僕が父上に頼んで、グラシア姫の御父上に許可を取れば、それでもいいんだ。ヴェルチュ王国はクレアシオン王国に逆らいはしないだろうから。でもそれはまるで侵略と変わらないだろう？」

　リリアーナが頷く。

「僕は、自分が恋をするなんて考えたこともなかったんだ。ウィリアムが君に恋をしている姿はなんだか物語の中のことのようで、自分の身に起こるなんて想像したこともない」

　リリアーナは何も言わないが、穏やかな眼差しで僕を見つめ、話を聞いてくれている。

「前に庭でちょっとしたパーティーをして、ウィリアムがそこで君に改めて求婚をしただろう？　最近、僕はあの時のことばかりを思い出すんだ。君もウィリアムもとても幸せそうだった。愛する人に受け入れてもらえる喜びを僕も知りたいと思ったんだ」

「……でしたら、もう少しゆっくり歩み寄ってはいかがでしょうか？　贈り物もお手紙も、彼女が覚悟を決める時間を奪っているのかもしれません」

「覚悟を決める時間」

「はい。そして、もしどこかでお話しする時間を設けられたら、変わってしまう環境を、グラシア様がどうしたら受け入れやすいか考えて、それを言葉にしてみて下さい。それと、守れない約束はしないこと。信頼は容易く失われてしまいますから」

「……守れない約束ばかりになってしまいそうなんだけどなぁ」

「そんなに難しいお約束でなくてもいいのですよ。まずは小さなことから。例えば、朝の挨拶か夜の挨拶、どちらかは必ずするとか、結婚した後の生活を想像しやすいほうがいいかもしれません」

「それなら僕もできそうだ」

リリアーナが「それならよかったです」と穏やかに笑った。

「……僕、恋がこんなにも大変だなんて知らなかったよ。正直……どうにもならなかったら近々王城で開かれる母上主催の夜会で勝手に宣言しちゃおうかとも思ってたんだけど」

「絶対にいけません。……結婚はできても、心は得られなくなってしまいますよ」

「だよね。うん、今日、リリィちゃんとお話できてよかった」

僕の返事にリリアーナが、安心したように息をつく。

「アルフ様、お互いにとって何か大事なことを決める時は、必ずグラシア様の意見を伺って下さいね。そうやって寄り添い合って進んで行くのが大切なのです」

「うん。分かったよ。ありがとう、リリィちゃん。……セディたちの顔も見たいけど、仕事が山積みなんだ。そろそろお暇するよ」

そう告げて僕は立ち上がる。リリアーナも僕の言葉に立ち上がった。

「私はグラシア様とアルフォンス様、両方の味方です。ですから、お見送りぐらいはするように相談役として、グラシア様を連れて参りますね」

「本当⁉　ありがとう、リリィちゃん！」

僕は一気に嬉しくなって、勝手に笑みが零れる。

リリアーナは、そんな僕に笑みを返すと部屋を出て行き、僕はのんびりとエントランスに向かった。そして、アーサーと世間話をしていると、リリアーナとタラッタ姫、そして、グラシア姫がやって来た。

久しぶりに見る彼女は、やっぱり綺麗で可愛かった。

「で、殿下……その、色々と贈り物をありがとうございます」

凛とした声も耳に心地良い。ずっと聞いていたいと願ってしまう。

「ここでの暮らしは不自由ないだろうけれど、何か入用だったらすぐに言ってね」

「侯爵家の皆様はとてもよくして下さっていますから、ご心配なく」

「そ、そう。それはよかった……うん、本当に」

しかし二人の間の壁はまだまだ厚いようだ。

僕は彼女の言動一つに一喜一憂する自分にどこか他人事のように驚きながらも、なんだかそれが嬉しくてたまらなかった。

「侯爵夫人、本当にありがとう。タラッタ姫もよく体を休めて何かあれば連絡を。……グラシア姫、僕は君を諦めないよ。僕にとって君は、最初で最後の愛しい人だから」

「え」

本当は彼女の手の甲にキスの一つも落としたいけれど、僕の真横にいるアーサーの監視の目がとても厳しいので、僕はウィンクで我慢する。

グラシア姫は、やっぱり告白されているのに戸惑いのほうが大きい顔をしていたけれど、そんな顔も可愛いと思えてしまうあたり、僕は重症だ。

「それじゃあ、またね～」

「はい、お気を付けて」

「ご武運を」

冷静なリリアーナとタラッタ姫が見送ってくれるが、グラシア姫は徐々に僕の言葉を理解したのか真っ赤になって固まっていた。

「愛してるよ、グラシア！」

ひらひらと手を振って、僕は苦笑を零すカドックと共に侯爵家を後にしたのだった。

幕間二　ある候補者の焦燥

「……どうしてなの」

アルフォンス様からは、なんの連絡もない。

手紙でお茶や庭園での散歩に誘っても多忙のためと儀礼的な返事ばかり。王城でお姿を見かけたことさえもなく、会うことすらままならない。

「妃選びなのに……どうして殿下は……っ」

アルフォンス様は、彼の妃を選ぶために集められたのに、まるでこちらに興味がない。

ならばと有力候補と呼ばれ、彼に選ばれる確率が一番高い候補者たちに脅すような文言の手紙を送りつけても、誰一人として退きはしない。

「どうすれば、いいの……」

どうすればアルフォンス様の寵愛を得られるのだろうか。

ここで国に、家族の下に、なんの成果も得られませんでした、他の方が選ばれましたなんて言葉と共に帰るわけにはいかない。

ましてや嫌がらせをしているのがバレて強制的に送り返されました、なんて。

数多の人間のこれからの人生が、命が、この背には乗っかっているのだから。

「……リリアーナ様を味方に付けるべきだわ」

部屋の中を歩き回りながら、思考を巡らせる。

アルフォンス様が、候補者たちに相談役として紹介してくれたのは彼の妹であるアリア王女と、彼の親友であり、この国の英雄でもあるウィリアム様の妻・リリアーナ様だった。

アルフォンス様は、戦後、不安定だったウィリアム様を救ってくれたリリアーナ様をとても信頼している、というのは王城の使用人から得た情報だ。それに女嫌いで有名だったウィリアム様もリリアーナ様だけは、何よりも大切にしているという。

その彼女に気に入ってもらえれば、あるいは、気にかけてもらえれば、アルフォンス様にぐっと近づくことができるかもしれない。

舞踏会やお茶会で少し話をしただけだが、彼女はとても心優しい人だった。

その優しさを利用させてもらうのだ。

そして、更に目障りなライバルも脱落させたい。

「………そうだわ。これなら」

思い浮かんだ妙案に、近く開かれる夜会で実行しようと決意したのだった。

第五章 策略の舞踏会

「リリアーナ、綺麗だぞ。侯爵様が骨抜きになるのも分かるな」

「あ、ありがとうございます、タラッタ様」

見送りに出てきて下さったタラッタ様の言葉に私は照れながらもお礼を言います。

「姉様、気を付けていってらっしゃい！」

「お兄様が元気かどうか見てきて下さいね！」

同じく見送りに出てきてくれた弟たちに私は微笑みを返します。

今夜は王城で、王妃様主催の舞踏会が開かれます。夜会に夫婦で出席する時は、屋敷から一緒に行くのですが、お仕事の都合でウィリアム様とは会場でお会いする予定です。

「……今夜は候補者たちも参加する。ワタシはまだ行けないが、グラシアによくよく頼んでおいた。侯爵様がいるから大丈夫だろうが……気を付けるのだぞ、リリアーナ」

タラッタ様が心配そうに眉を下げました。

そうなのです。今夜の舞踏会は、我が国の貴族に加えて、候補者様も参加する予定になっています。とはいえ、タラッタ様はまだ本調子ではないため、今夜は我が家でお留守番です。グラシア様は出席しますが、私——侯爵夫人と一緒に出席すると目立ってしまいますので、一度ホテルに戻られ、そちらから向かうそうです。

ですがアルフォンス様からも念を押されている大事なグラシア様の身に何かあっては大変だと、アリアナに傍にいてもらっています。

「……この妃選びも大詰めに入っていて、候補者たちも焦っている。人は焦ると何をしでかすか分からない。……特に殿下からの信頼が厚い侯爵夫妻に取り入ろうと必死になってくるだろう。再三になってしまうが気を付けるのだぞ、リリアーナ」

私はタラッタ様の心遣いに、びしっと背筋を正します。

アリア様からも同じような内容の手紙が届きました。お妃様選びも大詰めに入ったのに肝心の王太子はほとんど候補者たちと交流をしていないという状況が、候補者たちを焦らせている、と手紙にはありました。

私たちは、アルフォンス様がグラシア様を選んだことは知っていますが、他の候補者様たちは知りません。故にアルフォンス様に選ばれるのを望む方々が、焦っているのは間違いないでしょう。

「はい。気を引き締めて行って参ります」

馬車に乗り込み王城へと向かったのでした。

降車場で待っていて下さったウィリアム様と共に向かった会場は夜会らしく華やかで、賑やかです。

「侯爵様、リリアーナ様、ごきげんよう」

「ごきげんよう、侯爵様、リリアーナ様」

会場へ入るとタチアナ様とポリーナ様が一番に会いに来てくれました。

お二人とも、先日とは違い元気そうな姿にほっとします。

「ごきげんよう、タチアナ様、ポリーナ様。お元気そうで何よりです」

「その節はお世話になりましたわ。侯爵様もありがとうございました」

ウィリアム様が「いえ」と微かに首を振って返しました。もう気にしないで下さい、という意味でしょう。

「あたくしたちも到着したばかりで、これから王妃殿下と王女殿下のところにご挨拶に行こうと思っていましたの。一緒に行きませんか？」

「まあ、よろしいのですか？　是非」

にこやかに頷いて、タチアナ様とポリーナ様と共に本日の主催である王妃様とアリア様の下へ行き、挨拶をします。

それからは、お二人とは別れてウィリアム様のお知り合いや親戚、他の候補者様とも挨拶を交わします。

「フィロメナ様」

今日も今日とて、せっせと商会の製品を売り込んでいるフィロメナ様を見つけてお声を掛けます。フィロメナ様が振り返り、私を見つけるとにこやかな笑みを浮かべました。

「侯爵様、リリアーナ様、お久しぶりです」

「今日も精が出ますね」

ウィリアム様が感心したように言います。

フィロメナ様の周りには我が国の女性貴族たちがいて、皆、あの可愛らしい試供品の石鹸を手にしています。

「地道な売り込みのおかげで、徐々に噂になりつつあるのですよ。リリアーナ様は使っていただけましたか？」

嬉しそうなフィロメナ様に私は眉を下げます。

「それが、私の肌に私より厳しい侍女で……新しい石鹸やクリームなどにはより厳しくて、まだ許可が出ていないんです。でも、泡立ちがよくて、香りがいいし、お肌もしっとりすると褒めていましたよ」

「私が妻のために購入した品も、だめと分かれば容赦なく却下されるからな……妻の侍女は厳しいぞ」

ウィリアム様がしみじみと言いました。

「侯爵様が購入されたものまでも……それほど念入りなら、試供品では良さが分からないのではないでしょうか。この際、本商品を後日贈らせていただいても？」

「いえ、そんな、侍女から許可が下りるかも分かりませんのに……」

「でも、下りるかもしれない。そのかもしれないを私は逃さないようにしているのです」

フィロメナ様はにこにこと笑って言いました。流石、抜け目ないです。

「でしたら、侍女に聞いてみますね」

「ありがとうございます、リリアーナ様！」

顔を輝かせるフィロメナ様に、私とウィリアム様は顔を見合わせました。

「君は、アルフォンス殿下のところに行かなくていいのかい？」

ウィリアム様が目を向けた先を見れば、右にタチアナ様、左にサーラ様、その周りに他の候補者といった具合で、アルフォンス様は女性たちに囲まれていました。

「立場をわきまえて行動するのも、商人にとっては大事なことです」

フィロメナ様は、少しだけ寂しそうに目を伏せましたが、すぐに顔を上げて微笑みました。

「リリアーナ様、侯爵様、お心配りありがとうございます。ですが必ず、機会は巡ってきますから、私はその機を待つだけです」

「そうか。ならば私たちもその機が訪れるのを願っているよ。では、いったん失礼する」

ウィリアム様が話を切り上げました。私たち夫婦に話しかけたい方々が集まり出していたからです。

私も会釈をして、その場を離れ、挨拶と少しの会話という社交をこなします。

グラシア様はどこにいるのかと会場内で気にかけていたのですが、途中、見かけたグラシア様はお料理を目いっぱい、楽しんでいるようでにこにこしていました。

今夜はずっとアルフォンス様の左隣にいるサーラ様はお元気そうに見えましたが、やはり脅迫のお手紙や毒見で倒れた侍女さんのことを知っている身としては、心配です。後で少しでもお話しできればいいのですが。

それからしばらくは休憩も挟みつつ、夜会を楽しみました。アルフォンス様は、ダンスフロアで候補者様たち一人一人と踊っています。私は体力の関係で滅多に踊らないので、今夜も皆さんの素敵なダンスを楽しませてもらっています。

「リリアーナ、少し長めの休憩を挟もう」

ウィリアム様の提案に頷いて、私たちはダンスフロアを離れて休憩ができる壁際を目指します。ですが、挨拶したりされたりしている内に、随分と出入り口に近いほうに到着してしまいました。

「椅子が埋まっているな。どうしようか、一度、会場を出て部屋を使おうか？」

出入り口近くの壁際に置かれている椅子は全て埋まっていました。ウィリアム様の提案に、少し疲れていたので、私は頷きます。一部の上流貴族は会場近くの部屋を借りることができるのです。

会場には二つ、出入り口があります。一つは、この会場への入場と退場に使われる大きな扉の出入り口で、ずっと開け放たれたままになっています。もう一つは、こうして休憩するための部屋があるほうに行ける出入り口で、こちらはひっそりとしていて、入出の度に係の方がドアを開閉してくれます。

私たちはそちらのドアから出ます。

「今夜の休憩室は二階なんだ。歩けるかい？　もし辛いなら抱えようか？」

「いえ、そんな」

「だが顔色があまり良くないし、人もいないから、私のわがままを通させてもらうよ」

そう言ってウィリアム様は、私をひょいと横抱きにしました。

「ありがとうございます、ウィリアム様」

「いいんだよ。私のわがままだから」

ウィリアム様が歩き出し、二階へと続く階段を上がっていきます。

「重くないですか？」

「いつも言っているが、私の女神様は翼が生えているのかと心配になるほど軽いよ」

甘い笑顔と甘い言葉に私が言葉を詰まらせた、その時でした。

「キャアアアアア――――！」

甲高い悲鳴が辺りに響き渡ると同時に、バタバタどすんと何かが転がる音がしました。

「二階からだ。リリアーナ、私にしがみついてくれ！」

私は慌ててウィリアム様の首に軽く回していた腕に力を込めて、ぎゅっと抱き着きます。

ウィリアム様も私が落ちないように抱え直すと一気に階段を駆け上がっていきます。

「サーラ姫……！」

階段を上り切った先に倒れていたのは、サーラ様でした。三階へと階段は続いているので、状況としては、階段から落ちたのかもしれません。

彼女の傍には、ヒールの折れた靴が転がっていました。

「サーラ様！」

私はウィリアム様に抱えられたまま彼女を呼びます。するとサーラ様が顔を上げました。

ウィリアム様が私をサーラ様の傍に降ろしてくれ、私はサーラ様を抱き起こします。サーラ様は怯えた様子で私に抱き着いてきました。

悲鳴を聞きつけたのか、大勢の人たちの足音が聞こえ、静かだった廊下が騒がしく変化していきます。

「サーラ姫、どうされたのですか？」

ウィリアム様も片膝をつき、心配そうに声を掛けます。サーラ様は、震える腕を持ち上げ、三階へと続く階段のほうを指さしました。

「……フィ、フィロメナ様……」

その先にいたのは、フィロメナ様でした。

「あ、あの方に、突き飛ばされたのです……っ」

サーラ様がか細い声で告げました。フィロメナ様の周りに一斉に騎士が集まり、女性の近衛騎士様がフィロメナ様の腕を掴みます。

「ち、違います！　あの方が勝手に落ちて……！」

フィロメナ様が顔を青くして首を横に振ります。

「候補者様とはいえ、この状況では疑わざるを得ません」

ですが、近衛騎士様は彼女の腕を離そうとはしませんでした。

「サーラ王女が嘘をついたとでも？」

その言葉には妃候補とはいえ、商人の娘であるフィロメナ様の立場の弱さを痛感させました。フィロメナ様は「違います！」と何度も言いますが、近衛騎士様たちは疑いの眼差しを彼女に向けたままでした。

私はサーラ様を抱き締めたまま、ウィリアム様を見上げます。ウィリアム様は難しい顔をしていましたが、私と目が合うと頷いて立ち上がりました。

ウィリアム様が口を開こうとした時、凛とした声が騒然とした廊下に響き渡りました。

「待て、何を焦っている」

その声の主――アルフォンス様がウィリアム様の隣に現れました。

「スプリングフィールド侯爵、何があったか話せ」

アルフォンス様の命令にウィリアム様が口を開きます。

「私と妻が休憩室を借りようと階段を上っている際、途中で悲鳴が聞こえました。同時に何かが落ちる音も聞こえ、駆け付けたところここにサーラ姫、そして、あそこにフィロメナ嬢が。サーラ姫はフィロメナ嬢に落とされた、フィロメナ嬢はサーラ姫が勝手に落ちた、と双方、意見が食い違っております」

「なるほど……。では、ここに目撃者はいるか！」

アルフォンス様が問いかけますが、誰一人前に出る者はいませんでした。それはつまり、目撃者がいなかったということに他なりません。

「目撃者はなしか。だとすれば……サーラ姫の言葉も、フィロメナ嬢の言葉も、全てを信じるわけにはいかない。その腕を離してやれ。フィロメナ嬢は我が国の大事な貴賓だ。この不透明な状況でまるで犯人のように扱うのは頂けない」

アルフォンス様の命令に近衛騎士様が、フィロメナ様の腕を解放します。

「サーラ姫、怪我は？」

アルフォンス様の問いにサーラ様が「左の足首が痛いです」と答えます。

するといつの間にか傍にいたジュリア様がマントでサーラ様の足元を隠してくれたので、サーラ様に了承を得て、私だけがこっそりと確認しました。暗くてよくは見えませんが、触れると熱を持っていて、サーラ様の体が強張りました。

「殿下、足をくじいてしまっているようです」

「確認ご苦労、侯爵夫人。……さて、怪我までしているとなれば、より難しい問題だ」

アルフォンス様が考え込んでしまいます。ウィリアム様も険しい顔のままで、辺りは緊張に包まれます。

「ふむ……そうだ。ウィリアム、彼女たちは私の大事な貴賓だ。城と君の屋敷でそれぞれ身柄を預かろう」

「……何故、当家なのです？　両者共に王城で良いのでは？」

「犯人と被害者を同じ場所にはおけまい。その点、君の屋敷は、君が奥方のためにと万全の警備を敷いている。その警備体制から逃げ出すのは、至難の業だ。それに侯爵夫人は現在、彼女らの相談役だ。よって君の屋敷で預かってもらう」

アルフォンス様の提案に私は驚いてウィリアム様の返答を待ちます。他の方には分からない程度にウィリアム様の頬が引きつっていました。

「謹んで拝命いたします、殿下」

「ありがとう、ウィリアム。……さて、では、サーラ姫には」

「……わ、わたくしは……っ」

腕の中でか細い声がアルフォンス様の言葉を遮ってまで必死に言葉を紡ぎます。

「少しでも、殿下のお傍に……」

サーラ様が縋るようにアルフォンス様を見上げました。アルフォンス様は、数拍の間を置いて「分かった」と頷きます。

「では、フィロメナ嬢、ホテルからスプリングフィールド侯爵家に居を移してもらえるか？」

フィロメナ様が青白い顔のまま頷きました。

「怪我が悪化してはいけない。医者が来るまでサーラ姫はここに。私が付き添おう。侯爵夫妻はフィロメナ嬢を頼む。それと今夜の舞踏会は閉会だ。混乱が起きぬよう、会場への人員を増やし、候補者たちを速やかに保護するように」

アルフォンス様の指示に従い、私は後宮から駆け付けてきたフィロメナ様の侍女さんに場所を替わり、ウィリアム様の手を借りて立ち上がります。近衛騎士様も三名が残って、他は別の場所へと動き出しました。

フィロメナ様はジュリア様に付き添われ、私たちの下へ降りてきます。

「止まらず、階下へ」

ジュリア様に促され、フィロメナ様はサーラ様を見ようともせずに階段を下りて行きます。私もウィリアム様もその後を追います。

そして、私たちはまさかの人物と共に侯爵家へと戻ったのでした。

騎士団へ寄り道をしたので、フィロメナ様よりも私たちは遅れて帰宅しました。そこにはタラッタ様もいて、エルサが真っ先に駆け寄ってきて私の心配をしてくれます。

「奥様、大丈夫でございますか⁉」

エルサと同じく「大丈夫か？」と声を掛けてくれました。

「大丈夫ですよ。怪我一つありません」

私の返事にエルサがほっと表情を緩めます。

「エルサ、フィロメナ嬢は？」

「随分とお疲れのご様子でお部屋にて休んでおられます。先ほどまでタラッタ様がお傍にいて下さったのです」

「ワタシを見て、とても驚いていた。だが、侯爵夫妻が戻って事情聴取を求められた場合は、いつでも応じると言っていたよ」

「なるほど。素直なのはいいことだ。リリアーナ、大丈夫であれば一緒に来てくれるかい？　私だけだといくら他に使用人がいても、フィロメナ嬢も不安だろう」

「はい。もちろんです。ただ、少しだけお時間を頂いて、この舞踏会仕様のドレスだけ着替えさせていただいてもよろしいですか？」

舞踏会仕様のドレスは重く、コルセットもいつもよりきつめに着けるので大変なのです。ウィリアム様が「私も着替えてくるよ」と頷いて下さったので、フィロメナ様の下へ戻るというタラッタ様とはそこで別れ、エルサと共に急ぎ自室へ戻り、身支度を整えます。

ウィリアム様が迎えに来て下さり、一緒にフィロメナ様の下へと向かいます。

部屋へ入るとタラッタ様とソファに座っていたフィロメナ様が慌てて立ち上がりました。冷静で理知的な方という印象でしたが、流石に今夜は不安そうな顔をしています。

「フィロメナ嬢、疲れているだろう。座って話をしよう」

ウィリアム様が穏やかに声を掛けて、座るように促せばフィロメナ様はおずおずと再びタラッタ様の隣に座り、私たちもその向かいに並んで腰かけます。

「夜も遅い。さっさと本題に入ろう。何があったか説明してほしい」

「はい。……王太子殿下が候補者たちとのダンスを楽しみ始める少し前に、私は試供品の補充をしようと休憩室へ行ったのです」

「確か今夜は、二階が我が国の貴族たち、三階が候補者たちの休憩室と分けられていたな」

「そうです。私たちは使用する部屋も決まっていました。それで一息ついて試供品を補充して、会場へ戻ろうと思い、お手洗いに寄ってから階段を下りて行くと、踊り場にサーラ様がお一人でいたのです。『ヒールが折れてしまった』と言うので部屋まで手を貸してほしいと頼まれました。ですが近づくとサーラ様は、私に『殿下は、わたくしのものです』と……そして、サーラ様は自ら階段を落ちていったのです」

「話の辻褄は合っているな」

　タラッタ様がそう言って足を組みます。

「だが、フィロメナに聞いたが、目撃者はいないのだろう？」

「今のところはそのようです。フィロメナ嬢が立っていたのは階段の踊り場で確かに死角になっています。あそこは騎士もそこまで大勢配置されておりませんし……」

　ウィリアム様の言葉にタラッタ様が「難儀だな」と眉を下げます。

「……フィロメナ嬢、現時点では貴女を信じきることはできない。とはいえ、同時にサーラ姫を信じきることもできない」

　ウィリアム様が冷静な声音でフィロメナ様に告げます。

「今の私に言えるのは、今夜はゆっくり休んでくれということ。それと貴女の立場上、見張りを付けさせてもらうということだ」

「私は後ろめたいことはございません、侯爵様のおっしゃる通りにいたします」

　フィロメナ様が深々と頭を下げました。

「では、今夜はここで失礼する。タラッタ姫もお部屋に戻って、お休み下さい」

「ああ、分かった」

タラッタ様が優しい手つきでフィロメナ様の背を撫でて立ち上がり、私たちはフィロメナ様に見送られて部屋を後にしました。

部屋から少し離れたところで、ウィリアム様が口を開きます。

「事件としてできすぎている。……目撃者が誰もいないのも気掛かりだ」

「そうだな。王城という場所は、その特性上、そこら中に騎士や使用人がいるからな。それに平民のフィロメナはともかく、サーラに護衛がついていないのも気にかかる」

タラッタ様の言葉にウィリアム様が「その通りです」と頷きました。

「とにかく調査するしかない。リリアーナ、私はまた騎士団へ戻るよ」

「はい。お気を付けて」

「ああ。リリアーナ、色々と頼む。タラッタ姫、私の妻を頼みます」

そう告げるとウィリアム様は、私の額にキスをして、いつの間にか傍にいたフレデリックさんと共に行ってしまいました。

「ははっ、恩人である侯爵様に頼まれては反故にはできない。部屋まで送ろう」

「す、すみません……」

「いいんだよ。ワタシは君を気に入っているからな」

そう言ってタラッタ様は、ウィリアム様を真似て私の手を自分の腕に添えさせると、本当に部屋まで送って下さいました。

「リリアーナは、どう思う。どちらが犯人だと？」

部屋の前でタラッタ様が突然、そう切り出しました。

「私には……分かりません。サーラ様は酷く怯えていらっしゃいましたし怪我もしておられました。ですが……フィロメナ様は冷静で理知的な方です。あのようなことをするようにはとても。……かといって、やはりサーラ様が仕組むようにも……」

「そうか。……どちらかが犯人だというのは辛いな」

タラッタ様の言葉に、私は小さく頷きました。

「だが、権力や恋や野心は人をどこまでも変えてしまう。良くも悪くも、な。……あまり思いつめないようにな。君も今夜はゆっくり休むと良い。おやすみ、リリアーナ」

私の頭を優しく撫でるとタラッタ様は、ひらひらと手を振って去っていきました。その背にお礼と就寝の挨拶をして、私も自室へと入ります。

エルサの手を借りて、寝る仕度を整え、早々にベッドに入りましたが、あれこれ考えてしまいなかなか寝付けない夜を過ごすことになったのでした。

翌朝、エルサの計らいでいつもより遅くまで眠っていた私は、そういえば昨夜、グラシア様の帰宅を確認せず眠ってしまったことに気付いて顔を青くしました。

ですが、エルサがグラシア様は私が部屋に戻った後、遅くなると連絡があり、無事に戻られたこと、私と同じく今朝は遅くまで眠っていて、これから起きてくれば一緒に朝食だと教えてくれました。それに私の言い付けを守って、アリアナがずっと傍にいてくれたことも併せて教えてくれました。

私は急ぎ身支度を整えて、ダイニングへ向かいます。

するとそこにはタラッタ様とフィロメナ様、そして、エルサの言う通り、グラシア様がいて、ほっと胸を撫で下ろしました。

朝の挨拶を交わし、のんびりと朝食が始まります。私とフィロメナ様が並んで座り、向かいにタラッタ様とグラシア様が座っています。

タラッタ様は最近、食欲も戻ってきて美味しそうに果物を食べています。フィロメナ様は昨日の今日なので、元気がないようにも見えましたが、朝食を黙々と食べています。

問題はグラシア様です。いつも美味しそうに食べているというのに、今日はぼんやりとした様子でパンをちびちびとずっとちぎり続けているのです。

心なしか頬も赤くなっていて、昨夜の舞踏会での疲れが出ているのかもしれません。

「……グラシア様、大丈夫ですか？　どこか具合でも……」

思わず心配になって声を掛けますが、グラシア様はぼーっとしたままです。私たちは顔を見合わせます。

タラッタ様が立ち上がって、グラシア様の下へ行き、顔の前で手を振ります。

「おい、グラシア、グーラーシーア？」

一度目は返事がなく、二度目の声掛けで、グラシア様ははっと我に返ります。彼女の手から落ちたパンが、ころんとお皿の上に転がりました。

「タラッタ様、ど、どうしましたですか？」

大分、様子がおかしいです。

「グラシア様、どこかお加減が悪いのですか？」

「……パン粉でも作ろうとしているみたいですよ」

私の問いかけとフィロメナ様の指摘に、グラシア様は自分の手元に視線を落とします。

そこには、ちびちびとちぎられて粉々になったパンの姿がありました。

「ああ、なんで……これは、どうして……」

「本当に大丈夫か？　モーガンに診てもらうか？」

タラッタ様が心配そうに首を傾げます。

「いえいえ、あの元気だ、ですよ！」

「昨夜、何かあったのですか？　随分とお帰りが遅かったようですが……」

私の指摘にグラシア様が椅子の上で跳ねました。どうやらここに何かあるようです。

「まさか君も何か事件に巻き込まれて？」

タラッタ様の表情が険しくなると、グラシア様はぶんぶんと首を横に振りました。

「ちが、違う、招待客には詳細は知らされなくて、でも、私はアリア様に教えてもらって、それで怪しい奴がいないかずっと会場にいたし、変装したアリアナも一緒だった！」

グラシア様が慌てて弁明します。

アリアナはグラシア様についていくため、我が家のメイドさんたちによって貴族令嬢に仕立て上げられていたのです。もちろん、王家の皆様から了承は得ています。

「では、何があったんだ？　誰がどう見ても君の様子はおかしいぞ」

タラッタ様の言葉に私もフィロメナ様も、壁際のエルサやメイドさんたちも頷きます。

するとグラシア様の顔がまるで熟れたトマトのように真っ赤になっていきます。

「……ゆ、昨夜、あ、ああ、アルフォンス様と、庭を散歩、したんだ……っ」

「まあ。……まさか、その時に何かされて……？　どうしましょう……！」

アルフォンス様は進展のなさに焦れて、既成事実を作ろうとしたのでしょうか、と私は顔を青くします。

「違う、何も、何もなかった！　アルフォンス様は私が馬車に乗る時に手を貸してくれた以外は、私に触れてさえもいない！　それにずっとアリアナが傍にいてくれたよ！」

グラシア様が慌てて否定してくれ、私はほっと胸を撫で下ろします。アリアナは、昨夜が遅かったので午後からお仕事の予定でこの場にはいませんが。

「その、それで、少し話を、うん、改めて落ち着いて話をして、アルフォンス様は、あの、その、と、とと、とても素敵な方だな、と……！」

私とタラッタ様は突然の心情の変化に驚くと同時に、笑みを浮かべました。

「あの、どういうことでしょうか？　アルフォンス様はグラシア様をお見初めに？」

事情を知らないフィロメナ様が首を傾げます。

「ここでのお茶会でグラシアが活躍したのだろう？　殿下はその姿に惚れてしまったらしく、熱心に口説いているんだよ。相手が立派すぎて尻込みしていたグラシアだが、どうやら軍配は殿下に上がりそうだな」

タラッタ様が面白そうに説明してくれました。グラシア様が恥ずかしそうにタラッタ様を睨みますが、タラッタ様はけらけらと笑っています。

「殿下はグラシア様を……確かに見る目がおありですね。グラシア様は凛としていて、王女という肩書に相応しい方ですもの」

フィロメナ様がうんうんと頷きながら言いました。候補者であるフィロメナ様が悲しんだり、怒ったりするのではとハラハラしていましたが、その様子に胸を撫で下ろします。

「アルフォンス様は、とても真摯にグラシア様に寄り添おうとしているのですよ。……でも困ったことがあったら、私に言って下さい。旦那様に言い付けちゃいますから」

私も冗談めかしてグラシア様にエールを送ると、グラシア様は気恥ずかしそうに頷いてくれました。私もタラッタ様も微笑ましい気持ちでいっぱいです。

「あ、あの、リリアーナ様。アルフォンス様に侯爵家のお庭で、散歩だけでもってお願いされたの。……だからあの、またお庭とアリアナを借りても？」

「ふふっ、もちろんです」

「ははっ、甘酸っぱいなぁ。昨夜はどんな話をしたんだ？」

タラッタ様が自分の椅子をグラシア様の真横に置いて根掘り葉掘り聞き始め、グラシア様は恥ずかしいけれど聞いてほしいのでしょう、ぼそぼそと答えています。

アルフォンス様の想いが叶いそうなことが嬉しくて、私はにこにこしながらそれを見守っていました。

「………羨ましい」

温度のない平坦な声が紡いだ言葉に、驚いて隣を振り返ります。

「グラシア様、真っ赤でまるでこのトマトみたいですね」

しかし、空耳だったのかと思ってしまうほど和やかにフィロメナ様はグラシア様の話に耳を傾け、冗談を交えて笑っていました。

私は聞いてはいけないものを聞いてしまったかのような気がして、誤魔化すようにサラダを口に入れたのでした。

波瀾の舞踏会から一夜明け、私──ウィリアムは、執務室でアルフォンス、マリオと共に頭を抱えていた。

「サーラ姫の言い分も怪しいところはねぇな」

報告書を何度となく読み返しながらマリオが言った。

昨夜、アルフォンスが聞き取りを行ったところ、サーラ姫の言い分はこうだった。

『アルフォンスと踊った後、少し疲れたので休憩室へ行った。その時、踊り場でたまたまフィロメナと行き合った。挨拶をして通り過ぎようとしたところ「お姫様というだけで、殿下のお傍にいられるなんて、卑怯だわ」と告げられ、突き飛ばされた』とのことだ。

アルフォンスが言うには、一番目はタチアナ姫、二番目にサーラ姫と踊ったが、フィロメナ嬢とは踊っていない。フィロメナ嬢は、ダンスが始まる前に商品の補充で休憩室に行っていて、二人が行き違う時間に今のところ違和感はない。

「この二人は国内の情勢と商会の情勢がそれぞれ表向きの順調さとは全くの逆だ」

私の言葉にアルフォンスとマリオが頷く。

「人柄としちゃあ、どっちも悪い噂が一つもねぇってのがなぁ。サーラ姫は穏やかで笑顔を絶やさない姫様、フィロメナ嬢は賢く冷静なご令嬢ってな。だからこそ誰も目撃者がいねぇってのが気にかかるんだよなぁ。会場を出たのはドアの開閉係が証言している。だが踊り場はともかく、休憩室から出たフィロメナ嬢もそちらへ向かうサーラ姫の目撃情報もない。まるで舞台のようにできすぎている」

マリオの言葉にうーんと三人揃って頭を悩ませる。

使用人の一人も、近衛騎士の一人も、他の候補者や貴族も、許られたかのように誰もいないその瞬間に事件が起きているのが、不可解だった。

「ま、この件はとりあえず地道に捜査するしかねぇな……」

マリオがガリガリと頭を掻きながら言った。

「ウィルもよく許したな。犯人かもしれない人間をリリアーナ様の傍に置くなんて」

「ジュリアとエルサとアリアナがいるからな。もしリリアーナに何かあれば、縛り上げる許可を出してある」

騎士であるジュリアはもちろんだが、侍女であるエルサとアリアナも、それどころか侯爵家の使用人は皆、一通りの訓練を受けている。

「……だろうね。僕は昨夜、下心満載でグラシアの肩を抱こうとした腕を、『だめですよ』ってにこにこ笑うアリアナにへし折られるかと思ったよ……」

アルフォンスが右腕をさすりながら言った。

「ふん、リリアーナを守るためには素晴らしい逸材だろう。って、どういうことだ？　婚姻前に手を出そうとしているのか⁉」

私は思わず驚愕と共に振り返る。すると呆れ顔のマリオが口を開いた。

「こいつ、昨夜、サーラ姫の聴取の後グラシア姫を口説……庭を散策してたんだよ」

私の狭い心が、私は愛しい妻と昨夜もろくにふれあうこともできずに仕事をしっぱなしだというのに、と不満を訴えてくる。

それは表情にも出ていたのだろうが、怯むアルフォンスではない。

「まあまあ、落ち着きなって。僕が妃を得るのは、国にとってすっごく大事なんだから」

アルフォンスが否定も反論もとてもしにくいことを言う。

「とりあえず、今は目撃者を探すか、どっちかの化けの皮をはがすかしないとね。サーラ姫はマリオ、フィロメナ嬢はウィル、頼んだよ」

そう言ってアルフォンスは話を切り上げた。彼はこの後、王城へ戻って今回のことに関するエルヴァスティ国とアボット商会への説明をどうすべきかという会議に出席するのだ。

「最善を尽くしますよ、殿下」

「意のままに」

私たちの返事にアルフォンスは満足げに頷くと、カドックを連れて執務室を出て行った。その背を見送り、私たちもそれぞれの仕事へと取り掛かるのだった。

舞踏会から三日後、私——リリアーナは再び王城の中の後宮にいました。

お見舞いの花束を手に、サーラ様のお部屋にやって来ました。

我が国の社交界はサーラ様とフィロメナ様の階段事件の話題でもちきりです。

詳細は伏せられているのですが、休憩室から階段下にうずくまるサーラ様や階段を下りてきたフィロメナ様を見た人たちがいて、事件自体を隠すことができなかったのです。

事件か事故かというところから始まり、犯人はどちらだと話題は尽きません。

ただ、事件か事故かもはっきりしていないはずなのに平民であるフィロメナ様の立場が弱く、サーラ様を擁護する声が多いと情報を集めてきたお義母様が教えてくれました。

ですから茶会などに出席すれば格好の的になるのは間違いありません。そのため、サーラ様はよりお部屋から出てこないご様子だというのです。

この間と同じようにエルサとは待機の間で別れ、奥の間へジュリア様と共に入ります。

サーラ様はソファに腰かけていましたが、顔色が悪く、少し痩せたように見えました。

「リリアーナ様……ごめんなさい、このような格好で」

私は立ち上がろうとしたサーラ様に慌てて首を横に振ります。

「そのままで大丈夫です。無理をなさらないで下さいませ」

弱々しく微笑んだサーラ様は、簡素なドレスに身を包んでショールを羽織っています。いつでも横になれるよう配慮されているのでしょう。

「サーラ様、これを。せめてものお慰めになればと……我が家のお庭で咲いたお花です」

サーラ様は花束を受け取ると、鼻先を近づけ、ほっと息をつきました。

「良い香り……素敵な贈り物だわ。ありがとう、リリアーナ様」

「喜んでいただけて何よりです」

サーラ様が侍女さんを呼び、花束を彼女に預けました。

あの事件以来、サーラ様は部屋に籠もりきりになってしまったそうで、アルフォンス様が庭にお誘いしてもお部屋から出てこないほどだとか。

元気を出してもらおうとアリア様が様々な提案をしたところ、私には会いたいと言って下さったそうで、アリア様にお願いされ、こうしてお見舞いにやって来たのです。

「ねえ、リリアーナ様、隣に来て下さる？」

おずおずと請われたお願いは、少し予想外のものでしたが拒否する理由もありません。私は彼女の隣へと移動します。

「ありがとう……階段から落ちた時、偶然とはいえリリアーナ様が来て下さって、わたくしを抱き締めてくれて、とても安心したのです」

「その後、お怪我の様子はいかがですか？」

「軽い捻挫だそうです。腫れは引いて、痛みが少し残っているだけです。他は小さな痣ができただけで……運が良かったとお医者様に言われました」

「そうですか……私にできることがあれば言って下さいね」

サーラ様が微笑んで頷きました。

静かな部屋は、分厚いカーテンの隙間から僅かに日の光が差し込んでいるだけで、昼間だというのに薄暗いままでした。

「……フィロメナ様が、まさかあんなことをなさるなんて、思わなかったの……っ」

震える声で呟かれた言葉に私は小さく息を呑みました。

私はどう声を掛けるべきが、なかなか答えが見つからずおろおろとするばかりになってしまいました。

「フィロメナ様は、わたくしが王女という身分であることが、羨ましかったのでしょう……でも、アルフォンス様の心は……わたくしの下にはありませんのに」

そう言ってサーラ様が、痛みに耐えるかのような、無理やり作った笑みを零しました。

「……わたくしが、うんと幼い頃、わたくしの国にアルフォンス様が国王陛下といらしたことがあるの。素敵な王子様に幼いわたくしは心を奪われてしまいました。だから、アルフォンス様の妃選びに呼ばれて、本当に本当に嬉しかった。あの方の妻になれるかもしれないと……でもあの日、アルフォンス様と少しお話をした時に気が付いたのです」

そこで一度、言葉を切ってサーラ様は深く息を吐き出しました。サーラ様の手が私の手にためらいがちに触れたことに気付いて、その手を握り返します。

「誰か、と、何、と明言されたわけではありません。……いわゆる女の勘という不確かなものですが、あの方の心には、きっともう他の女性がいらっしゃるのですね」

サーラ様の頬を一筋の涙が伝って落ちていきました。

「でも、しょうがないのかもしれません。怪我を理由に打算的にアルフォンス様の関心を引こうとしたわたくしは、あの方には相応しくありません」

「サーラ様……」

全てを知っている私は、何も言えません。

「ごめんなさい、リリアーナ様。……わたくしの独り言です」

サーラ様は、握り合っていないほうの手で涙を拭って、いつものように微笑みました。でもいつもよりもずっと悲しみに満ちた笑顔でした。

それから少しだけ、サーラ様の気が紛れるような他愛のないお話をしました。後宮のお庭や侯爵家の薔薇園のこと、クレアシオン王国やエルヴァスティ国のお料理やお菓子のことなどです。

ですが、まだ顔色の優れないサーラ様の下に長居するわけにはいきません。私は名残惜しいですが、帰るために席を立ちます。

「いつも来てもらってばかりで申し訳ありません。でも、リリアーナ様とお話をしていると、心が安らぐのです。……また来てくれますか？」

私に言われて座ったままのサーラ様がためらいがちに首を傾げます。

「もちろんです。いつでもお呼び下さいませ」

私の返事にほっとしたように表情を緩ませたサーラ様に、私も笑みを返します。

そして、踵を返そうとした私をサーラ様が手を摑んで引き留めました。驚きながらも振り返るとかがむように手で示されて、その言葉通りにします。

「…………階段の件、誰にも言っていないことがあるのです」

サーラ様がひそひそと私に告げました。

「あの時、会場を出た後、フィロメナ様が階段を上りながら、どなたかとお話をしているのを見かけたのです。なんだかただならぬ雰囲気で。けれど、わたくし、あの踊り場で見つかってしまって……あのようなことに」

サーラ様は一度、目を伏せて、そしてもう一度私を見上げました。

「どうか、リリアーナ様、フィロメナ様には気を付けて下さいませ」

「……ご忠告、ありがとうございます」

私がそう返すとサーラ様は「英雄様によろしくお願いします」と告げて、私の手を離しました。

「リリアーナ様もお体、大事になさって下さい」

「ありがとうございます。サーラ様、それではまた」

私たちは何事もなかったかのように挨拶を交わして、座ったままのサーラ様に見送られて、彼女の部屋を後にしました。

私はエルサとジュリア様にお願いして、騎士団に寄ってもらいました。

サーラ様の件をウィリアム様にいち早く伝えようと思ったのです。ですが、残念なことにウィリアム様は出かけてしまっていて、お留守でした。

その代わりにマリオ様が私を出迎(でむか)えてくれましたので、ウィリアム様に伝えてほしいとお願いしました。

マリオ様もお忙(いそが)しいようで、すぐに慌ただしくどこかへと行ってしまいました。

私たちはそのまま、今度こそ、侯爵家へと戻ります。

侯爵家の談話室では、タラッタ様、グラシア様、フィロメナ様が弟たちも含(ふく)めて、楽しそうにお話をされていました。

きっとセドリックが持ち込んだのでしょう。図鑑(ずかん)を広げて、皆で覗(のぞ)き込んでいます。

「姉様、おかえりなさい！」

セドリックが嬉しそうに抱き着いてくるのを受け止めます。最近、忙しくてあまり一緒に過ごす時間がないので、この子も甘えたいのかもしれません。

「皆さんで何をしていたのですか？」

「お姉様たちに、自分の国の動物の鳴き声を教わっていたんです！」

ヒューゴ様が元気よく答えてくれます。

「まあ、動物の鳴き声を？」

「ああ。これがなかなか面白いんだ。ワタシたちは三人とも母国語が違うだろう？　だからか、案外同じ動物でも鳴き声となると多種多様でな」

「私も商売柄、日常会話なら数カ国語が話せますが、やはり生活に基づいた動物の鳴き声などは勉強になります」

タラッタ様もフィロメナ様も楽しそうに顔を綻ばせています。

「リリアーナ様、王女様は何の御用だったの？」

グラシア様が首を傾げます。

フィロメナ様が気にしないよう、アリア様自身の計らいで彼女に呼び出されたという理由で私は出かけていたのです。

「はい。今度は王城で、候補者の皆様を招いたお茶会を開くので、その相談をされたのです。我が家は一足先に開催しましたので」

「はぁ、またお茶会かぁ。王女様っていうと断るわけにもいかないなぁ」

「グラシア、将来は君が開く側になるかもしれないんだから、よーく勉強するんだぞ」

「私は、候補者の皆さんにより多くの商品を売り込む場所を頂けて最高です」

「フィロメナは相変わらずだ」

呆れたように肩を竦めるタラッタ様と苦笑するグラシア様。フィロメナ様は、新作の香水についてそんな二人に話し始めます。

サーラ様とは正反対のフィロメナ様の様子。私はどちらも信じたいのに、どちらかが犯人だという事実が胸を苦しくさせます。

「……姉様？」

そんな私に気付いたセドリックが心配そうに私を呼びます。

「なんでもありませんよ。セディ、私にも動物さんたちの鳴き声を教えてくれますか？」

「うん！　もちろんだよ！　こっちに姉様の席だってあるんだから」

嬉しそうに私の手を引くセドリックに私も、今だけは心の中のものを全て隠して、穏やかに笑みを返すのでした。

あの舞踏会から、候補者様たちに関することは特に何の変化もないまま日々は過ぎていき、初夏の訪れと共に社交期の終わりが近づいてきました。

そして、今日は王女様主催の候補者様たちだけを招いたお茶会が王城のお庭で開かれる予定です。

今日のお茶会は候補者様のみということで私はお留守番ですが、タラッタ様とフィロメナ様もお留守番です。

出席予定のグラシア様は朝食後、慌ただしくホテルへと戻られました。

階段事件から今日までの間、本当に何もありませんでした。それどころか、あれだけ横行していた嫌がらせもぴたりと止んだそうなのです。平和になったのはいいことですが、嵐の前の静けさのようで、なんだか心がひりひりします。

そういえば、我が家では変わったことが一つだけ。

フィロメナ様の巧みな話術によって、タラッタ様は祖国の部下の皆さんに、グラシア様もご家族にとアボット商会一押しの石鹸を買い込んでいました。それどころか私のお義母様もファンになってしまい、嬉々としてフィロメナ様から石鹸を買い求めていました。

それに実は私もエルサから許可が出たので使っているのですが、お花の瑞々しい香りがとても素晴らしく、洗い心地も良い品なのです。

ただ石鹸を使う度に、フィロメナ様のこの巧みな話術があれば、他の候補者様の護衛や侍女さんの懐に潜り込めるのでは、と考えてしまうのが厄介です。

犯人が分からないまま、というのはもやもやしますし、人を疑うというのは心が疲れます。ウィリアム様は、本当に大変なお仕事をしているのだと痛感する日々です。

「是非、うちの商会でリリアーナ様の刺繍作品を取り扱わせていただけませんか？」

ここ数日、私はフィロメナ様に熱心に口説かれています。

数日前の休みの日に私は刺繍をしていたのですが、それを見たフィロメナ様にこうして商会を介して売りに出さないかと言われているのです。

「これは孤児院のバザーに出す品ですので」

私たちはグラシア様を見送った後、談話室でのんびりと過ごしていました。私は大好きな刺繍を今日も楽しんでいるのです。タラッタ様はセドリックとヒューゴ様のペアとチェスをしています。戦士としての経験か、先を読むのが得意でチェスもお上手です。

「そこです。孤児院の運営費に充てるのでしたら、それこそ我がアボット商会が間に入ってより利益を出すべきです。もちろん仲介手数料は頂きますが、それを差し引いても必ず多大な利益が出ます。それほどリリアーナ様の刺繍作品は素晴らしいのです！」

いつも冷静な方という印象でしたので、こんなに熱く語るお姿に最初は驚きましたが、今はもう慣れてしまいました。

「……孤児院の職員さんに教えていただいたのですが、私が刺繍を入れたハンカチを、町の子どもがお小遣い(こづか)を貯(た)めて、お母様の誕生日の贈り物として買っていくこともあるのだそうです。アボット商会を挟んだら、きっとその子の手には渡らないでしょう？」

「……うっ。それは、その……」

フィロメナ様の勢いが失われていきます。

「リリアーナの勝ちだな」

「タラッタ様ぁ」

ふふっと笑ったタラッタ様にフィロメナ様が眉を下げます。

「分かりました。今のところは引き下がります。ですが、リリアーナ様の作品は本当の本当に素晴らしいのですよ。私はこれまで様々な品を見てきました。だからこその言葉です」

「それはとても光栄です。ありがとうございます、フィロメナ様」

刺繍を褒められるのは素直に嬉しくて、私は笑みを返しました。

ふと談話室の柱時計を見れば、そろそろ王城でのお茶会が始まる時間でした。

「私たちもお茶の時間にしましょうか」

私の声掛けに皆が頷き、エルサたちが仕度のために部屋を出て行こうとした時でした。

アーサーさんが私への来客を報せに来たのです。

「奥様、タチアナ様とポリーナ様が、至急、奥様にお伝えしたいことがあると」

「まあ、何かしら。もうお二人はお茶会のために王城にいる時間ですのに……」

私は慌てて立ち上がります。エルサとアリアナがすぐに駆け寄ってきて、私のドレスの裾を直し、髪を整え、最低限の身支度を整えてくれます。

「では行って参ります」

そう声を掛けて、私は、エルサとアリアナと共にエントランスへと急ぎます。

エントランスには、本当にタチアナ様とポリーナ様がいました。タチアナ様はお茶会に行くための仕度がばっちりというお姿ですが、ポリーナ様はそうではなさそうです。何故かタチアナ様の陰に隠れていました。

「ど、どうされたのですか？　もうすぐお茶会の始まる時間では……」

「リリアーナ様、聞いて下さいませ！　この人ったら、王妃様主催のあの舞踏会からずーっとまた部屋に引きこもっていたんですの！」

タチアナ様が眉を吊り上げて、ポリーナ様を指さしました。

「王女様のお茶会に行くのは勇気がいるから迎えに来て、と頼まれていたので、このあたくしがわざわざ行ってあげたのに、出てこないと思ったら『お茶会には行かない』と泣き出して、それで強引に聞き出したら、とんでもない事実を隠していたんですの！」

タチアナ様がじろりとポリーナ様を睨みます。

「そうなのですか？　……ポリーナ様、一体、どうされたのですか？」

「ほら、リリアーナ様にちゃんとお話しなさい！　貴女が騎士団は絶対に嫌だと言うから、不躾にも侯爵家に突然来たのでしょう⁉」

「だって、だってぇ……っ」

ポリーナ様がずるずると座り込んでしまいましたが、その手はタチアナ様のドレスをがっしりと摑んでいます。

「だってじゃありませんわ！」

「タチアナ様、落ち着いて下さいませ。私は大丈夫ですから……ポリーナ様、ほらこの間と同じように深呼吸をしましょう？」

私はポリーナ様の前に膝をつき、一緒に深呼吸をしました。

「リ、リリアーナ様、わたしから、聞いたと内緒に、していただけますか？」

「はい。必ず」

私が頷くとポリーナ様は不安そうにタチアナ様を見上げました。

ふと談話室のほうからタラッタ様たちがこちらにやって来るのが見えました。侯爵家預かりになっていると周知されているフィロメナ様はともかく、タラッタ様がここにいることは内緒にされていたので、タチアナ様もポリーナ様も驚いています。

「タラッタ様？　どうしてここに？　まだ臥せっていると聞いていましたが……」

「説明は後だ。君たちは用事があって来たんだろう？」

タラッタ様がタチアナ様にそう返せば、タチアナ様は表情を引き締め、ポリーナ様はまたタチアナ様のスカートの陰に隠れます。

「ポリーナ！　国民に胸を張れる王女でありなさいといつも言っているでしょう！」

タチアナ様の一喝にポリーナ様が、はっとして顔を上げました。

そして、何故か恐々と私たちの顔を見回した後、ゆっくりとですが口を開きます。

「わたし、サーラ様の階段事件があった時、発生より大分前にお手洗いに行ったのです」

思いがけない切り口に私たちは息を呑みます。

ポリーナ様は階段事件のサーラ様の相手がフィロメナ様だと知っているのでしょうか。

「……私が入った時は、お手洗いには誰もいませんでしたが」

フィロメナ様が表情を強張らせながら首を傾げます。

「それが、その……お恥ずかしいお話なのですが、ま、間違えて、あの、殿方のほうに入ってしまって……」

ポリーナ様の頬が真っ赤になっていきます。

「入った時は誰もいなかったのと、切羽詰まっていたので気付かず……その後、人が来てしまって出るに出られなかったのです。それでもなんとか隙を見計らって出ようとした時、フィロメナ様が女性用のお手洗いから出てきて、わたしは恥ずかしくて咄嗟に隠れたのです。そのままフィロメナ様は階段のほうへ。わたしは恥ずかしさを引きずっていたのですが、あまりに遅いとタチアナが心配するので、息を殺して同じく会場に戻ろうと階段へ」

「もしや、君……見たのか」

タラッタ様の問いにポリーナ様が震えながら頷きました。

「階段事件の一部始終を、見てしまったのです……！」

エントランスが静まり返り、ピンと張った糸のような緊張が一気に張り巡らされました。

エルサとアリアナ、そしてジュリア様がじっとフィロメナ様を見つめています。フィロメナ様は強張った表情のまま、ポリーナ様を見ていました。

「で、では、どちらが……」

先へと進むべく私は、勇気を振り絞って問いかけました。

ポリーナ様の震える指先がフィロメナ様に向けられ、私たちの視線も彼女へとゆっくり向けられます。

「わ、罠にはめられたのは、フィロメナ様です……！」

ポリーナ様の声が広いエントランスに響き渡ります。

「それは本当ですか？」

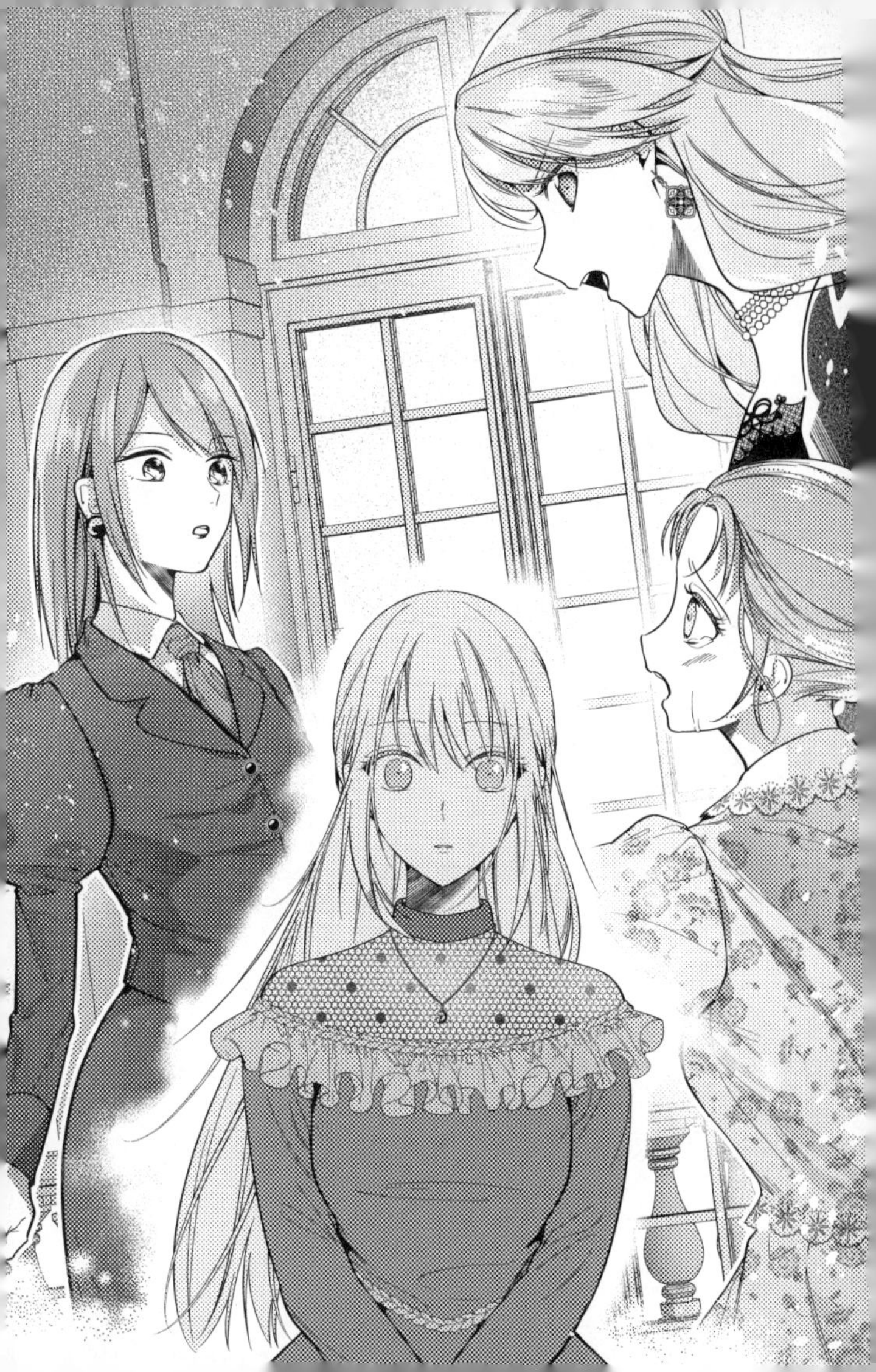

「ほ、本当です。階段の踊り場にサーラ様が立っていて、ヒールが折れたとフィロメナ様に声を掛けて、それで、自ら落ちられたのです。フィロメナ様は指一本だってサーラ様に触れていませんでした」

「なんと、あの姫だったか」

タラッタ様が呟きます。

「あたくしも聞いた時は信じられませんでしたが、ポリーナはこんな嘘をつくような子じゃないことは保証しますわ」

タチアナ様がきっぱりと言い切りました。

私は繰り広げられる会話の中で、呆然と立ち尽くしていました。すぐにエルサがそれに気付いて「奥様？」と私に声を掛けてきます。それを皮切りにタラッタ様たちも私に顔を向けます。

「リリアーナ、顔色が悪いぞ。……君はサーラと親しくしていたから衝撃的すぎたのかもしれないが……」

「そ、そうではないのです。いえ、それもあるのですが……」

私はぶんぶんと首を横に振ります。

するとポリーナ様が私の手をぎゅっと握ってくれました。

「だ、大丈夫ですよ、リリアーナ様」

その手の温かさに、私はポリーナ様の手を握り返します。

「……先日、お見舞いに伺った時、サーラ様はアルフォンス様の心にはもう決まった女性がいると気付いてらしたのです」

何も知らないタチアナ様とポリーナ様が顔を見合わせます。

「あの時、誰かは分からないとおっしゃっていましたが……では、もし、アルフォンス様のお相手が、グラシア様だと知っていたら」

「サーラ姫は、私を罠にはめるほど追い詰められています。あの時の彼女は、恐ろしい雰囲気がありました。もし知っているとすれば、終わりの舞踏会前の最後の茶会である今日、グラシア様に何かするかもしれません」

フィロメナ様が淡々と告げた言葉に私は身を強張らせます。

「事情はよく分からないけれど、急ぎ、王城に向かうべきです。リリアーナ様、すぐに侯爵様に報せなさい」

その言葉にはっとして、私はアーサーさんを振り返りました。アーサーさんは、即座に私の意をくみ取って、この場を離れます。

「人の命にかかわるかもしれない事態ですわ。幸いにもリリアーナ様、あなたはきちんとした格好をしていますから、表のあたくしの馬車にお乗りなさい」

タチアナ様の突然の宣言に私たちは驚いて振り返ります。

「あたくしの馬車はすぐに出せます。今すぐ騎士団へ行き、侯爵様と共に王城へ行くのです。貴女はあたくしたちの平穏を保つための相談役なのですから」

私――グラシアは、できるだけ息を潜めて、美味しいお茶菓子を堪能していた。

アルフォンス様は今日のお茶会で私とのことを他の候補者に報せたかったようだが、私は断固拒否した。まだ本当に受け入れるとは決めていないし、もし万が一、私が受け入れたとしても終わり舞踏会で公言することを約束してもらったのだ。

アルフォンス様は不満げだったが、私だってこれは譲れない。

彼が今日、発表を急いだのにはもう一つ理由がある。

私のホテルの部屋が荒らされていたからだ。ホテルの部屋は、不在がばれて余計な詮索をされないよう侍女を残して、まるで住んでいるかのように偽装していた。その部屋が侍女が席を外した隙に荒らされたそうだ。

今日、仕度に行った時は部屋も荷物も片付けられていたが、ホテル全体の警備が強化されていた。

これ以上、心労を増やすわけにもいかないので、リリアーナ様には伝えていない。

そして存外、心配性らしいアルフォンス様は、公表することで私を守りやすくなると考えたようだが、それは犯人の神経を逆撫でするだけだと私が止めたのだ。

「グラシア様、ごきげんよう」

柔らかな声に顔を上げると、そこにサーラ様が立っていた。

今日もたおやかな笑みを浮かべた彼女は私の下へやって来る。

「ご、ごきげんよう、サーラ様。どうされたのですか？」

「侯爵家のお茶会での貴女の活躍が忘れられなくて……お見事でした。わたくしも真実をきちんと見極められるように見習わないと、と思ったのです。わたくしは最初からタチアナ様を犯人だと疑ってしまいましたから」

サーラ様が困ったように少しだけ目を伏せた。

心根の綺麗な人だなぁ、と私は感じた。警戒すべき相手のはずなのに、彼女を疑うのはなんだかいたたまれない気持ちになる。

「ありがとうございます。でも、ああいう時に出張ってしまうのは敵を作りやすくもありますから、家族には窘められるのですが……サーラ様もその後、調子はいかがですか？」

「ええ、おかげさまで。こうしてお茶会に出られるくらいに元気ですわ。ところで」

「サーラ姫、グラシア姫、ごきげんよう」

急に大きくなったざわめきと共に聞こえた声に私たちは固まる。

サーラ様の背後にアルフォンス様が立っていた。

ただ彼はにこやかに笑っているけれど、近くにいる私には彼のまとう空気がぴりぴりとしていて、刺々しいのが肌で分かった。

そして、自分の体を盾にして会場から私たちを隠しつつ、サーラ様が自身のドレスのポケットに入れた手を彼の手が押さえていた。

アルフォンス様が身を屈め、サーラ様の耳元に口を寄せる。

「…………ポケットの中身、見せてほしいな、サーラ姫」

耳元で囁かれたその一言にサーラ姫が一瞬で血の気を失いガタガタと震え出す。

アルフォンス様の空色の瞳が一瞬だけ会場の入り口である薔薇のトンネルに向けられた。

私はその先を見て、息を呑む。

ここにいるはずのないリリアーナ様と侯爵様がいた。

侯爵夫妻がここにいること、そして、アルフォンス様の言葉に、私はサーラ様こそが階段事件の犯人だったのだと察した。

「……殿下、サーラ姫はやはり体調が優れないようです。部屋までお連れするので、付き添っていただけますか」

そうは言ってもこの場所で騒ぎを起こすのは、誰のためにもならないと私はそう進言する。アルフォンス様は僅かに眉を寄せたけれど、あの食えない笑みを浮かべて頷いた。

「ああ、もちろんだよ。さあ、お手をどうぞ、サーラ姫」

サーラ様は青い顔でポケットから出した震える手で、その手を取ったのだった。

案内されたのは王城の一室でした。王城内は広く複雑で、この部屋がどういう部屋なのかは私――リリアーナには分かりません。大理石の床に大きな窓、カーテンがかけられているだけで、他には何もない広い部屋です。

壁際にサーラ様、その目の前にアルフォンス様と隣にウィリアム様、その後ろに私とグラシア様、少し遅れてやって来たアリア様がいます。

「君がフィロメナ嬢を罠にはめ、自ら階段を落ちていったというのを目撃した人が出てきてね。それで彼女たちは駆け付けてくれたんだ」

アルフォンス様が淡々と告げます。

「……それで、どうしてこのようなことを？」

アルフォンス様が問いかけます。

サーラ様は俯いたまま、ぼそぼそと喋り始めました。

「金脈が途絶え、わたしくの国は財源を失いました。寒い大地では食物は国民に必要な量が生産できず、その金と引き換えに小麦や野菜を他国から輸入していました。かろうじて採れている金や銀、そして、緊急費用として備蓄されていたものを小出しにしながらなんとか、国としての体裁を……保っていたのです」

「ほう……で、どうして嫌がらせを？　君が犯人なのだろう？」

「……はい。わたくしは、国のために、国民のためにもこの豊かな大地を持つクレアシオン王国に嫁がなければなりませんでした。ですから……わたくしの侍女の内の一人――ロエナが、その役を買って出てくれたのです。脅迫状も彼女が全て手配を……」

「随分と素直に話してくれるね」

「わたくしにできることは、これだけ、ですから」

消え入りそうな声でサーラ様が答えました。

「そのロエナだけどねぇ、どこにもいないんだよねぇ」

アルフォンス様の言葉にサーラ様がゆっくりと顔を上げます。その顔には驚きと困惑がありありと浮かんでいました。

「君がロエナを見たのはいつだい？」

「……昨夜、です。この薬をわたくしに……」

サーラ様がポケットから取り出したそれをアルフォンス様が受け取ります。ガラス瓶の中にティースプーン一杯ほどの液体が入っていました。

「これは？」

「強力な睡眠薬だと……これを飲ませれば、グラシア様は終わりの舞踏会まで目を覚まさなくなるから。そうすればわたくしが選ばれると……」

「なるほどねぇ」

アルフォンス様がガラス瓶の中の液体をゆらゆらと揺らしながら呟き、隣のウィリアム様に渡すとウィリアム様はそれを懐にしまいました。

「不思議なんだけれど、フィロメナ嬢よりタチアナ姫を罠にはめるほうが君にとって状況は有利になるのでは？」

「……分かりません。ロエナは、とにかくフィロメナ様をと」

「ふむ……。では、タラッタ姫の香炉に薬を仕込んだのも君の侍女かい？」

「タラッタ様の……？　わ、分かりません。わたくしが直接指示を出したのは……グラシア様の部屋の件だけです。アルフォンス様がグラシア様と一緒におられるのを見てしまい、わたくしは酷い焦燥に駆られて、指示を」

ちらりとグラシア様を見てサーラ様が告げました。

「ロエナとは長い付き合いなのかな？」

その問いにサーラ様は首を横に振りました。

「ここへ来るに当たって、父の友人だという方が紹介してくれた侍女です」

「エルヴァスティ国王の友人？」

アルフォンス様が不思議そうに首を傾げました。

「二、三年ほど前から父が懇意にしている方がいるのです。年嵩の男性で……詳しいことは分かりません」

アルフォンス様とウィリアム様の表情は険しいままです。

その懇意にしている男性、というのがあまりに怪しいというのは、私でも分かります。しかもその方の紹介で連れてきた侍女は嫌がらせを請け負い、フィロメナ様を罠にはめる手筈を整え、グラシア様に盛る薬まで渡し、そして姿をくらませてしまっているのです。

「まあ、もっと詳しいことは追々訊くとして……こんなことをしでかして、ただで済むと思うなよ、サーラ姫」

氷のように冷たい声に私たちは体を強張らせます。後ろからではアルフォンス様の表情は見えませんが、サーラ様はより一層顔色を悪くされていました。

「君は国家間の平穏を脅かしたのだ。私たちが必死に維持しているこの平穏を」

「ねえ、サーラ様」

アルフォンス様の言葉を遮るようにして、グラシア様が前に出ました。アルフォンス様が驚いたように彼女を振り返ります。

「アルフォンス殿下のこと、国のためだけに欲しかったの？　それとも……本当に好きだったの？」

サーラ様は虚を突かれたような顔でグラシア様を見つめていましたが「ねえ、どちら？」とグラシア様が再度、尋ねるとゆっくりと口を開きました。

「……初めて会った日から、あの、幼い日から……ずっと、お慕いしておりました」

絞り出すように告げたサーラ様の背をグラシア様が慰めるように撫でます。

そして、くるりとアルフォンス様を振り返ります。

「だってさ。ねえ、殿下。今回、サーラ様がしてしまったことはとてもとーっても悪いことだけれど、殿下の父上にも問題があったと思わない？　国を背負ってやって来た女たちを一堂に集めれば、それが問題を招くことは予見できたはずだもの。現に王妃様も王女殿下も、それを予見していたのに」

グラシア様が首を傾げながらもアルフォンス様を真っ直ぐに見つめます。

「貴方が言う国家間の平穏を最初に乱したのは誰かしら？」

「……痛いところをつくね、僕のお姫様は」

アルフォンス様の声に温度が戻っています。

ですが、グラシア様はアルフォンス様の言葉を理解すると一気に頬を赤くしました。

「まだあなたのじゃないわよ！」

「まだってことは、いずれはなってくれるつもりなんだね！」

こんな時でもアルフォンス様は嬉しそうです。

サーラ様、タチアナ様、ポリーナ様は呆気に取られ、タラッタ様とフィロメナ様、ウィリアム様は苦笑を零しています。

「アルフ様、お話を進めて下さいませ」

私は嬉々として、婚約式の日程について話し始めたアルフォンス様を止めるべく、その背に声を掛けました。グラシア様が「婚約してない！」と眉を吊り上げています。

アルフォンス様が私を振り返ったので、私は話を勝手に進めてはいけません、という意味を込めて首を横に振りました。するとと咳ばらいを一つして、サーラ様に向き直ります。

「グラシア姫の言う通り、隙を作ったのは僕らだ。とりあえず、君は王城で謹慎。警備には僕の私兵を使わせてもらう。それに国王へも話をさせてもらうよ。その怪しすぎる男についてもね」

サーラ様がこくりと頷きました。

「……だが君には然るべき調査の後、国へ帰ってもらうよ。君の国と僕の国の平和のためにね。平和のためには小麦なんかを多めに運んでもらうことになるかもしれないけれどね」

サーラ様が大きく目を見開き「どうして……」と呟きました。

「君の国を思う心にも偽りはないんだろう？　こんなことをしでかしてしまうほどには」

その穏やかな問いにサーラ様の目から大粒の涙が溢れて頬を濡らします。

「はい、わたくしの誇りでございます……！」

「僕も、その点では君に似ている。僕にとってもこの国は、何よりの誇りで、宝だからね。捜査の協力はしてもらう。怪しい動きをしたいなら、それ相応の覚悟を」

そう告げるとアルフォンス様は「ホストがいないと困るだろう。ウィル、後はよろしく」とアリア様を促し、部屋を出て行きます。

「グラシア様、リリアーナ様、本当に申し訳ありませんでした……っ」

サーラ様は、ぼろぼろと泣きながらグラシア様と私に何度も何度も謝ります。私はいつかのようにそっとサーラ様を抱き締めます。

「他の人が赦してくれるかどうか分からないけれど……謝ることから始めないとね」

グラシア様がそう言ってサーラ様に微笑みかけました。

「ちなみに私はちゃーんと謝ってくれたので、許すよ」

「グラシア様、わたくし、本当に……本当にっ、も、申し訳ありませんでした……っ」

「国が大事なのは私も一緒だよ。色々違うだろうけど、それでもやっぱり私もサーラ様も同じ王女だからね」

そう言って微笑むグラシア様の優しさは、きっとこの先の未来でアルフォンス様を支えてくれるだろうと私は何故か強く感じたのでした。

終章　大団円……？

「私――アルフォンス・クレアシオンは、ヴェルチュ王国第二王女・グラシアを妻に迎えることを決めた」

終わりの舞踏会が始まって間もなく、アルフォンス様が高らかに宣言されました。

アルフォンス様の隣ではグラシア様が緊張した面持ちで寄り添っていて、会場はどよめきに包まれています。嬉しそうに拍手をしているのは、今回の妃選びを企画した国王陛下と王家の皆様、そして私たち夫婦だけでした。

ですが、だんだんと拍手は会場全体に広がっていきます。

「おそらく、皆、ヴェルチュ王国がどこか分かっていないのだろうな」

タラッタ様が困ったように呟きました。

正直、私も港町で手袋を買った時に初めて知った小さな国ですので、何も言えません。

「結局、まさかのグラシア姫なんてね。殿下の趣味が分からないわ」

タチアナ様がふんとそっぽを向き、ポリーナ様が「タチアナ」と諫めます。

会場には、サーラ様以外の候補者様は全員来ています。

サーラ様はあれ以来、約束通り後宮を一歩も出ることなく過ごしています。

フィロメナ様との件は、フィロメナ様の了承もあり事故ということで処理されました。

あの日、侯爵家にいたタチアナ様、ポリーナ様、タラッタ様、フィロメナ様、そして、グラシア様だけが今回の顛末を知っています。

事件を公にしないのは、それでなくとも繊細な国家間の関係を考慮してのことだそうです。そうしてエルヴァスティ国の体面を保つことも、今後の両国の関係を円滑にしてくれるだろうとウィリアム様は教えてくれました。

ですが、逃げ出したロエナという名の侍女さんはいまだに見つかっておらず、懸命な捜索が続いているそうです。

たった二カ月足らずの間に随分と色々なことがありましたが、アルフォンス様のお相手が見つかったことは素直に嬉しく思えます。

とはいえ、グラシア様がアルフォンス様の求婚を了承するには、我が家の応接間で私たち夫婦を挟んでひと悶着あったのですが、無事にまとまって何よりです。

そこで私はふと、隣でタチアナ様とポリーナ様の掛け合いを笑って見ているフィロメナ様を見上げます。

「あの、フィロメナ様。一つ、お尋ねしてもよろしいですか？」

「はい、どうされました？」

　フィロメナ様が不思議そうに首を傾げます。反対隣でタラッタ様も「どうした、リリアーナ」と私を見ます。

「王妃様の舞踏会があった翌朝、殿下とのことを話すグラシア様を羨ましいと言っていたのを聞いてしまったのです。……フィロメナ様は、殿下をお慕いしていたのですか？」

　私の問いにフィロメナ様は、ふふっと笑います。

「確かに羨ましかったですわ。でも、結婚相手というより、商談相手として二人でお話をしたかったのです。我が商会の石鹸を王女殿下と王妃殿下に是非、ご紹介したくて!!」

　フィロメナ様はどこまでもフィロメナ様でした。

「私の父や祖父が代々大事にしてきたアボット商会を再建し、より大きな商会にするのが目標なのです。ですから、王国王妃殿下、そして、王女殿下のお墨付きが欲しいのです」

「……相変わらず仕事熱心だ」

　疲れ切った愛しい声に振り返ると、その声のままの疲れ切った顔のウィリアム様が私たちの下にやって来ました。

　サーラ様の件から、ウィリアム様はますます忙しくしておられたようで、いつもでしたら会場に入る前に落ち合うのですが、それすらできず、私は何故かタラッタ様のエスコートで会場に入ったのです。

「だ、大丈夫ですか……？」

私は思わず彼に駆け寄り、その頬に手を伸ばします。するとウィリアム様の大きな手が私の手を包み込みます。

「ああ、大丈夫。今日で一区切り。明日から、順次、姫君たちは祖国への帰路に就く。そうすれば私たちの仕事も落ち着くだろう」

ウィリアム様が力なく微笑みました。

「そうですか。ウィリアム様が休めるのは嬉しいですが……折角仲良くなれたので、少し寂しいです」

そんな私の呟きをタチアナ様が拾います。

「あたくしとポリーナは明後日帰るのですが、リリアーナ様にはお世話になりました。あたくし自ら紅茶を淹れて差し上げますから、侯爵家に明日、お伺いしてもいいかしら？」

「こ、今度はちゃんとしたやつです……!!」

ポリーナ様が必死に念を押します。

「まあ、いいのですか？」

私は、嬉しくなって顔を綻ばせます。

「リリアーナ、ワタシはまだまだ残るぞ」

タラッタ様の言葉にウィリアム様が「え」と漏らします。

「ずっと寝ていた上、その後は引きこもりだ。観光もしたいし、この国、いや、周辺諸国の中で最強と名高いこの国の騎士団で鍛錬をさせてもらい、その技術と、貴賤問わず強い男を婿として祖国へ持ち帰る」

ウィリアム様がまたも「え？」と漏らします。

「リリアーナ様、私も残りますわ」

そう名乗り出たのはフィロメナ様でした。

「今回、かなりの数の顧客を見つけられたんですもの。この国での基盤をしっかりしたものにすれば、こちらの地域で商売ができ、大嵐で受けた損害を補塡できますからね」

「……え」

ウィリアム様は呆然とお二人を見つめています。

「そういうわけで、侯爵様、しばらくこのまま侯爵家に滞在させてもらえないだろうか？」

「そういうことでしたら私も是非。リリアーナ様とはもっと親睦を深めたいです」

「……あの、私からもお願いします。だめですか？　ウィリアム様」

私はおそるおそるウィリアム様を見上げます。ウィリアム様は「うっ」とようやく「え」以外の声を漏らすと私の手を握り締めたまま、頷いてくれました。

「お二人と交友を深めるのは妻にとっても、我が国の今後にとっても有意義な時間となるでしょう」

その返事に私たちは口々にお礼を言いました。

「やあやあ、皆、なんの話をしているんだい？」

グラシア様と共にアルフォンス様が私たちの下へとやって来ます。

私たちは居住まいを正し、それぞれお祝いの言葉を述べます。

「殿下、グラシア様、心よりお祝い申し上げます」

ウィリアム様の言葉に私もその横で一礼します。

「ありがとう。……侯爵夫人、貴女なくしては、グラシアの心を得られなかった。今後も僕ら夫婦にとっての相談役としてよろしく頼むよ」

「光栄です、殿下」

私はドレスの裾を摘まみ、淑女の礼を返します。

タラッタ様、ポリーナ様、フィロメナ様もお祝いの言葉を贈り、最後にタチアナ様がお二人にお祝いの言葉を贈ります。

「殿下、グラシア姫、おめでとうございます。あたくしに勝ったのですから、それに恥じぬよう、王妃教育、頑張りなさいませ」

「タチアナったら！」

変わらぬタチアナ様にポリーナ様が顔を青くしますが、アルフォンス様もグラシア様も気にした様子もなく笑っています。

「ありがとう、タチアナ姫。大丈夫、グラシアは一年後の式までずっとうちにいるからね」

「えうぇ⁉」

グラシア様から淑女にあるまじき声が聞こえてきました。

ですが、グラシア様だけではなく私の旦那様も同じように驚いています。

「初耳だが⁉　一年⁉　アルは王族なんだから準備期間含めて三年が普通だろう⁉」

すっかり先ほどまでの侯爵としての体裁がどこかへ行ってしまい、いつもの調子でお話しされてしまっています。私はおろおろと声を掛けますが、聞こえていないようです。

「今言ったからね。大丈夫、グラシアの御父上とは交渉済みだし、僕の父も納得してるから。だって早く結婚したいしね」

アルフォンス様はひょうひょうと告げて微笑みました。

「はっはっ、殿下がこんなにも情熱的な方だったとは！」

タラッタ様がけらけらと笑い出します。

「まあ、一年後……ならすぐに予定を調整……いっそあたくしもこちらに留学しようかしら。結婚式には呼んで下さるのでしょう？　ねえ、ポリーナ。どう？」

「わ、わたしはタチアナのお迎えと一緒じゃないと国に帰れないし……でも確かに移動に二カ月かかったから、留学のほうが有意義かもしれないね」

タチアナ様とポリーナ様がそんな会話を始めます。

「グラシア様、もし何かご入用であれば、是非是非、我がアボット商会にお声掛け下さいませ！」

フィロメナ様はここぞとばかりに商会を売り込みますが、グラシア様はまだ呆然とアルフォンス様を見上げています。アルフォンス様は、その視線に気付いているでしょうに、にこにこしながら「留学かぁ、それもいいね」とタチアナ様たちと会話をしています。

「王太子の、結婚、けいび、らいひん……ははっ」

隣から聞こえた乾ききった笑い声に私は慌ててウィリアム様を振り返ります。ウィリアム様は虚空を見つめて、壊れたように笑っています。

ですが、王太子の結婚となれば、来賓は彼女たち王女や首長の娘だけではなく、そのご両親――つまり各国の王族が集うことになるわけで、そうなればウィリアム様の忙しさは今の比ではないはずです。

「ウィリアム様、し、しっかりして下さいませ……!!」

私はウィリアム様の頬をぺちぺちしますが、なかなか正気に戻ってくれません。

「アル！」

ウィリアム様より先にグラシア様が我を取り戻します。

「聞いてない!!　そんな大事なことをなんで勝手に決めちゃうわけ!?」

グラシア様の剣幕にアルフォンス様が慌て出します。

「ご、ごめん、グラシア、あ、ウェディングドレスは君の好きに……」

「そういうことじゃない!!」

先ほどまで賑やかに会話を楽しんでいたタチアナ様たちは口をつぐんで面白そうに様子を見守っています。

アルフォンス様と彼に詰め寄るグラシア様の間に私は割って入ります。

「グラシア様、落ち着いて下さいませ……！　アルフ様も、話し合いは大事だとあれほど申し上げたではありませんか！」

「いやだって、了承してくれたから……」

「グラシア様が『はい』と言ってくれたら、何をしてもいいわけではないのですよ？」

ばつが悪そうに呟くアルフォンス様に私は頭痛がします。タラッタ様が慰めるように私の肩を叩いてくれました。

それから私は、グラシア様の怒りをなんとか鎮め、ウィリアム様にもどうにか正気に戻ってもらい、これまでで一番賑やかな舞踏会と共に波瀾の妃選びは幕を閉じたのでした。

おわり

あとがき

お久しぶりです、春志乃です。
この度は『記憶喪失の侯爵様に溺愛されています　これは偽りの幸福ですか？』七巻をお手に取っていただき、心より御礼申し上げます！
今回はアルフォンスに焦点を当て、彼のお妃選びという賑やかなお話でした。

アルフォンスは、クレアシオン王国の王太子。それもとびきり優秀で、彼が王様になることに誰も反対しようがないほどの人格者です。

一方でウィリアムをからかったり、こっそり仕事を抜け出して（もちろんウィリアムには内緒で）リリアーナやセドリックとお茶をしたりとおちゃめな一面もある魅力的な人ですが、結婚となるとなかなか作者自身も想像できない人でした。

どんな人が彼のお嫁さんになるのだろう。どんな人がクレアシオン王国の王妃に相応しいだろうと悩んだ結果、生まれたのが、グラシアでした。

素朴で健康的な美しさを持つ、心優しい（すこーしお転婆な）お姫様。

お姫様なんて柄じゃないと言いながら、誰より王女としての誇りを持っている人。

そんな彼女に恋をしたアルフォンスは、リリアーナの手を借りてあれこれ奮闘し、なんとかグラシアを手に入れたわけです。

ですが、まだまだ問題は山積みで、アルフォンスとグラシアは長い時間をかけて、リリアーナとウィリアムのように本物の夫婦になっていくのだと思います。

その過程でグラシアが侯爵家に家出をしてきたり、アルフォンスがウィリアムに泣きついたり、賑やかな光景が目に浮かびます。

さて、最後になりましたが本作を出版するにあたり、担当様や引き続きイラストを担当して下さった一花夜先生をはじめとして関わっていただいた全ての皆様、こうしてシリーズを追いかけ続けてお手に取って下さった皆様、ＷＥＢ掲載時から応援し続けて下さる皆様、支えてくれた家族、友人たちに心から感謝いたします。

またお会いできる日を心待ちにしております。

春志乃

■ご意見、ご感想をお寄せください。
《ファンレターの宛先》
〒102-8177 東京都千代田区富士見 2-13-3
株式会社KADOKAWA ビーズログ文庫編集部
春志乃 先生・一花夜 先生

●お問い合わせ
https://www.kadokawa.co.jp/（「お問い合わせ」へお進みください）
※内容によっては、お答えできない場合があります。
※サポートは日本国内のみとさせていただきます。
※Japanese text only

記憶喪失の侯爵様に溺愛されています 7

これは偽りの幸福ですか？

春志乃

2023年9月15日 初版発行

発行者	山下直久
発行	株式会社 KADOKAWA 〒102-8177 東京都千代田区富士見 2-13-3 （ナビダイヤル）0570-002-301
デザイン	永野友紀子
印刷所	凸版印刷株式会社
製本所	凸版印刷株式会社

ISBN978-4-04-737657-1 C0193

定価はカバーに表示してあります。
◇◇◇

記憶喪失の侯爵様に
FLOS COMICにて
コミカライズ連載中！
溺愛されています
これは偽りの幸福ですか？
漫画　ここあ
原作／春志乃
キャラクター原案／一花 夜
リリアーナ！
コミックでも君を見ていいいか
ComicWalker内
フロースコミック
公式サイトはこちら